中国宁红

徐春林，一九八一年生，江西修水人。中国作协会员，中国水利作协合同制专业作家，中国自然资源作协第二、三届签约作家，河南省文学院第六批签约作家。曾在《人民文学》《诗刊》《当代》《中国作家》《北京文学》《清明》《散文》《青年作家》《黄河》《散文选刊》《散文海外版》《文艺报》《光明日报》等报刊发表作品300余万字。著有长篇小说《白虎郢都》《活火》，小说集《该死的见面》，散文集《山居羊迹》《芳亭记》等十余部。曾获中国当代文学奖，中华宝石文学奖，《人民文学》奖，中国小说学会短篇小说奖等奖项。鲁迅文学院首届自然作家班学员。鲁迅文学院第三十六届高研班学员。

徐春林 —— 著

中国宁红

时代出版传媒股份有限公司
安徽文艺出版社

图书在版编目（CIP）数据

中国宁红/徐春林著.--合肥：安徽文艺出版社，2021.9
ISBN 978-7-5396-7229-8

Ⅰ．①中… Ⅱ．①徐… Ⅲ．①纪实文学－中国－当代 Ⅳ．①I25

中国版本图书馆CIP数据核字(2021)第120129号

出 版 人：段晓静
责任编辑：韩　露　　　　　　装帧设计：马德龙

出版发行：时代出版传媒股份有限公司　www.press-mart.com
　　　　　安徽文艺出版社　　www.awpub.com
地　　址：合肥市翡翠路1118号　邮政编码：230071
营 销 部：(0551)63533889
印　　制：安徽新华印刷股份有限公司　(0551)65859551

开本：700×1000　1/16　印张：11.25　字数：260千字
版次：2021年9月第1版
印次：2021年9月第1次印刷
定价：58.00元

（如发现印装质量问题，影响阅读，请与出版社联系调换）

版权所有，侵权必究

南方有嘉木,修水出宁红。

——题记

目　　录

序　章　一片茶叶的重量 / 001

第一章　我家江南摘云腴 / 005

第二章　此处茶汤养精神 / 039

第三章　且将新火试新茶 / 059

第四章　此花开尽更无花 / 093

第五章　在路上
　　　　——宁红茶人的故事 / 114

尾　声　一杯宁红伴河山 / 169

后　记　人间天上共此茶 / 171

序章　一片茶叶的重量

4月的暖风，如同修河的水一般，涓涓流淌。沿着修水河的两岸行走，河水清澈，稻禾翠碧，绿意盈目。微风徐徐吹来，在成片的绿色中掠过，翅翼洁白的大鸟，不时引颈鸣叫，从丛林中飞向天空。

2020年4月26日，孙朝辉早早来到办公室，在办公桌前坐下来，轻轻端起一杯刚刚泡好的宁红工夫茶，喝上一口，然后闭着眼睛，把这些天发生的几件事情在脑海中重温一遍。

上午10点，在县委会议室内，孙朝辉正在部署工作，一条信息闪烁在他的手机屏幕上。会议室外的秘书从手机里看到江西省人民政府办公厅刚刚发布的修水县退出贫困县的消息，第一时间发信息告诉了县委书记孙朝辉。孙朝辉打开手机，脸上露出了会心的微笑。他抑制不住内心的喜悦，清了清嗓子，然后高兴地对参会人员说："告诉大家一个好消息，修水脱贫了。"会议室内顿时安静了下来，随即孙朝辉深情地大声重复了一遍，"修水——脱贫了！"会议室内顿时响起了雷鸣般的掌声。"我代表县委县政府，衷心感谢大家所付出的努力。通过几代人的艰苦奋斗，我们终于走出了贫困！这是我们88万父老乡亲几千年来的夙愿，这是一个值得载入史册的日子。"会议室内再次响起了经久不息的掌声。

下午孙朝辉赴漫江乡宁红小镇召开绿色产业发展现场推进会。他一路上有些许疲惫，在车上稍稍打了个小盹。车行至半路时，他突然醒来，窗外绿意盎然，他摇开了车窗玻璃，春风迎面拂来。

受气候影响，修水的春天要比北方来得早，比南方的福建、云南等地来得迟。阳光在叠嶂的青山间跳跃着。

微风所到之处，花蝶轻语，像是在商讨着一些事情。孙朝辉踩着松软的泥土，朝着宁红小镇茶园的顶峰走去。从这里可以鸟瞰万亩茶园，鸟瞰远处的村落和叠叠山峦。

袅袅茶烟在空中浮动，与白云汇集在一起，变成了一团团白雾，茶香像是从缝隙中钻出来的。

正是早春时节，茶农正在采头茶。采茶姑娘的纤纤手，在茶叶尖端跑来跑去，像是在拈着阳光，捕捉着丰腴的春色。

蔚蓝的天空中，一群鸟儿正在展示着优雅的舞姿。孙朝辉抬起头，远望之，丘陵山脉，此起彼伏，波澜壮阔。蔚蓝的天空下，千万个金瓶似的山峦上雾霭氤氲，天梯般的层层茶园螺旋式上升，绿意盎然的茶树与红黄色土壤交相辉映。近处的秀美的村庄，像是笼罩着一层轻纱，影影绰绰，在缥缈的云烟中忽远忽近，若即若离，就像是几笔淡墨，抹在蓝色的天边，美不胜收。田成方，水相连，路成网，树成行，地如毯，家家户户都住着两三层的小楼房。附近的小岛上树木葱茏，恰是鸟儿筑巢的绝佳之地。旁边的修河明亮、洁净，就像是一条绿色的丝带，在山川中川流不息。它强有力的脉搏，在渔歌声中此起彼伏。洁白的云朵、静静的舟楫、轻轻的风、暖暖的阳光，簇拥着片片新绿。白鹤若有若无地在水中拍打着翅膀。天水一色，风光旖旎。

修水古称"分宁"，国史有"上望"之称，是江西省著名的革命老区，是中国工农革命军第一面军旗设计制作并率先升起的地方，是南方林业重点县，森林覆盖率达75.24%。为了创建美好的生活，修水人民在革命时期献出了两万多条宝贵的生命。在深山区移民工作中，有太多的驻村第一书记为了工作，连续几个月都没有回家和亲人团聚。脱贫的心愿，致富的心愿，一直压在孙朝辉的心头，现在终于有交代了。这是一份时代的答卷，也是一份交给人民的答卷，更是一份交给自己的答卷。他又擦了擦眼睛，眼睛有些湿润了。

孙朝辉忽然想起了老书记和他握手道别的情形，从老书记紧握着的手里，他感觉到有千斤重担在肩。老书记那深情注视的目光，就像是一股激流，一直在他心中回荡。他每次和老书记见面时，老书记总会千叮咛，万嘱托。那是一种怎样的嘱托？他不敢怠慢，也丝毫没有怠慢。这些年来，老书记的嘱托，他一直挂在心头。他意识到，修水的脱贫，离不开这一方水土的好生态，离不开这方人民的好作为。今天这一愿望终于实现了。他的心里无比喟叹。这不光是一届届党员干部的心愿，这也是一代代修水人民的夙愿。

修水素有"八山半水一分田，半分道路和庄园"之称。然而，就是这样一个山区县，在一片小小的茶叶上做文章，却让八万余贫困人口成功脱贫致富，成为中国的茶叶大县。这是茶叶给予修水人民的希望，也是党员干群奋斗的结果。

如何巩固脱贫成果，将扶贫措施和乡村振兴有机融合？修水有得天独厚的生态资源。修水有绵延千里的幕阜山脉，连接着上千座海拔600米高的山坡。发源于黄龙山的八百里修河，自西向东奔腾不息。河不是普通的河，到处是传说，到处是色彩。南崖上的风景似乎永远都是绿色的，如美丽的少女般动人。在河里航行，你会听到许多传奇的故事。坐落在修河上的数个水坝，就像先人腰间的飘带，拴着几个随身携带的"茶壶"，还冒着腾腾"热气"。

天蓝、山绿、水清，依山傍水，气候宜人，自古以来这里就是适宜栽种茶叶的生态宝地。

宁红是修水的绿色精灵，在修水的雾水中生长。修水的山山水水，人文气象，无一不带着宁红的温度。一部宁红的百年史，就是一部修水人民的生活史、风俗史、社会生态史。山坡上片片绿色的茶叶，每片叶子在阳光的照耀下，像是一张张茶农的笑脸。在微风的吹拂下轻轻摇曳着，似乎在讲述着千百年来茶人的奋斗故事。"宁红"的力量来自山水，在现实与历史中浩浩荡荡，它将跨越千山万水，与连通世界的"一带一路"相系相连。

接下来，修水在乡村振兴中如何有效地衔接？修水自古以来是农业大县，也是全国知名的产茶大县，好山好水养好茶，茶叶占据了绿色产业的重要比例。修水必须抓住宁红品牌，走生态优先、绿色崛起的路子，由巩固脱贫，向乡村振兴发展，让宁红这颗万里茶道上的明珠，熠熠生辉。

一片绿叶，一碗茶汤，升华出唯美的信仰；一场茶事，让一片绿叶，迈向文化的殿堂。茶叶的重量就是文化的重量，就是茶农们的希望。修水因茶而荣，因茶而兴；修水人仰茶而生，伴茶而舞，因茶而歌，也创造出了名扬天下、香飘四海、长盛不衰的中国宁红。

人生百代，一叶相连。一片叶子，一种乾坤。

上善若水，故几于道。低吟浅唱，宁红汤汤——

第一章　我家江南摘云腴

藏在典籍中的宁红茶

我出生在赣北修水县罗家窝村。此处与湖北毗邻，高峡深岭，道途艰险，乃"蜀道之难"处。我家门前屋后的山盛产茶叶。所产的茶叶味甘形美，沁人心脾，令人齿颊留香。

在修水县城工作和生活后，我时常在修水城南与良塘一带的大街小巷转悠，那是宁红最早改良所和新建的茶博园所在地，我想找到一些百年前的气息，或者说，了解一些茶叶发展的现状。

寂静的春夜，一个人静坐在良塘新建的图书馆内。这是一个不大的图书馆，背面是一片茂盛的茶园。在那些泛黄的书中，我眺望到了修水茶叶的天空。修水旧属宁州，是南方的 48 个重点林业县之一。这里属亚热带湿润季风气候区，四季分明，雨热同期，热量丰富，无霜期长，光照较多，雨量充沛。土壤富含腐殖质，深厚肥沃。自然生态适合茶叶生长。

据《修水茶志》记载，修水产茶距今已有 1400 多年的历史。据《茶谱》记载，宋朝时期修水就盛产双井白芽，这是绿茶的一种。

翻阅历史，不仅修水，整个江西都是中国的重要产茶区。江西在历史上鼎鼎有名的红茶和绿茶有宁红、双井绿、庐山云雾、井冈翠绿、婺绿、狗牯脑、浮梁茶等。

唐朝葛洪著《幕阜山记》记载:"有葛仙翁(即葛玄,三国吴琅琊人,葛洪的从祖父)炼丹井,药臼尚存。山无秽草,惟杞与芳之属。有石如丹珠。绝顶有石田数十亩,塍渠隐然,非人力所能为!有僧园曰长庆,有宫曰玉清。鸟道断绝,不可登览,左黄龙,右凤凰,皆在山麓。"

《幕阜山记》所记载的茶,各种资料佐证,应该是天然野生的,饮用亦限于医药方面,只认为是一种药材,以后的茶叶方由野生而向人工栽培发展。当时的茶没有作为商品使用,茶的用途并不广泛。

双井白芽是修水的茶名,最早出现在《隋唐书》。《隋唐书》曾记有一个颇为怪诞的故事:某夜,隋文帝做了个噩梦,梦见有位神人把他的头骨给换了,梦醒以后便一直头痛。后来遇一僧人,僧人告诉他说"山中有茗草,煮而饮之当愈"。隋文帝服之,果然见效,于是他逐渐喜好上饮茶以至于到嗜茶的地步。于是《隋唐书》中有诗感叹:"穷春秋,演河图,不如载茗一车。"因此,隋唐饮茶盛行。

修水茶叶真正发展,主要是在宋朝。宋朝是中国历史上经济、文化、教育最繁荣的时代,达到了封建社会的巅峰。宋朝人的吃喝比较清淡,连有皇帝参加的御宴也并不丰盛。御宴有定制,每一盏酒都要有歌舞,酒后品茶,或是以茶代酒。

宋代城市经济发达,富足的物质生活,促进了茶文化的进一步发展。黄庭坚的故乡——江西省修水县杭口镇双井村,是一个有着特殊文化内涵的地标,茶叶在历史上也有着深远的影响。

当时,黄庭坚与苏东坡等为好友,黄庭坚将双井绿茶带至京城,文人雅士品茶后唱诗,从此,有关修水双井绿茶方面的作品颇丰,尤其是在北宋,应该说是层出不穷。

修水茶在宋朝的影响是举足轻重的,这从一批文人雅士的笔墨中可以看出。

欧阳修在《双井茶》诗中赞道："西江水清江石老，石上生茶如凤爪。穷腊不寒春气早，双井芽生先百草。白毛囊以红碧纱，十斤茶养一两芽。长安富贵五侯家，一啜犹须三月夸。宝云日注非不精，争新弃旧世人情。"听说，当时欧阳修嗜好喝茶，尤其喜欢黄庭坚家乡的双井茶，他精通茶道，这首诗是他对双井茶的"美誉"。

另外像司马光，也在《双井茶寄赠范景仁》一诗中大赞修水好茶："欲凭洪井真茶力，度遣刀圭报谷神。"

苏轼对双井茶的描述是："江夏无双种奇茗，汝阴六一夸新书。磨成不敢付僮仆，自看汤雪生玑珠。列仙之儒瘠不腴，只有病渴同相如。明年我欲东南去，画舫何妨宿太湖。"《西江月·茶词》云："送建溪双井茶谷帘泉与胜之。胜之，徐君猷家后房，甚丽，自叙本贵种也。龙焙今年绝品，谷帘自古珍泉。雪芽双井散神仙。苗裔来从北苑。汤发云腴酽白，盏浮花乳轻圆。人间谁敢更争妍。斗取红窗粉面。"《东坡集注》又云："自景佑以来，洪州双井白芽，制作尤精，远出日注之上，遂为草茶第一。"

那么，黄庭坚为什么要推荐"双井绿茶"呢？我想除了黄庭坚热爱家乡外，还有一个相对重要的原因，那就是"双井绿茶"本身的品质。可想而知，如果茶不能得到文人的喜欢，黄庭坚也就不会推往京师。"双井绿茶"在宋朝时期可谓名声大噪，通过文人的传播，"双井绿茶"这个名号已成为茶界的旗帜。

修水是典型的江南山区，要想大量地将茶叶运出去，恐怕不是件容易的事情。唯一的办法只有依靠水路。

"瑶草一何碧，春入武陵溪。"我自小在修水河边长大，知道它的好处。山环水绕，风光旖旎自不必说，犹记得浮桥上小坐，看鱼鸟戏水,竹蔓生风,看桥上人来人往,挑着担子的商贾农夫,晃晃悠悠就过去了。修河,一条丰富的河流,总在忙于接纳、沉淀、自净,那是超凡脱俗的山水。修河水总是清的,照得见天青、月白,及乡愁。

所以说,修水人是幸福的,临着一条秀美的河,守着一汪温情的水。

修水县城就这样被山水包围着,这是一个温暖的怀抱,又像一个澄澈的梦。修水的气质也如水,清澈、通透、柔软,又无时无刻不在变化中。德国诗人荷尔德林说的"人,诗意地栖居在大地上",这句话用在修水人身上最合适。

我们都羡慕这样的生活。临水而居,就连欢笑也如水般漾开,一波又一波。环水而绕,连哀愁也顺着眉梢滑落。有水相照,即便最普通的山、树、亭、楼,也变成美妙朦胧的梦境。

在古代,修水茶就是顺着这条河而下,过鄱阳湖进入长江,经江州销往全国乃至世界。茶成了当时朝廷赋税的重要来源,茶多税亦多。

无论是怎样的商品,当发展到一定的程度时,它就会面临各种限制。比如后来,朝廷实行"天下茶皆禁"的政策,厉行禁榷法,全部由官方垄断,不准民间"私蓄、盗贩"。所以各地茶农生产的茶叶全在官府掌握之中,政府以产茶数量计算"课税",确定茶农交税数额。史料记载,分宁县是隆兴府内茶叶的主要产地。隆兴府也就是当时修水县域范围。其产茶数量占其中的大多数,茶农所纳茶税为周边武宁、铜鼓县之首。

至元代,修水的茶叶生产仍很旺盛,各地茶叶种植面积陆续增加,其产量仍呈现增长趋势,茶税成为元朝统治者的重要赋税来源。江西征茶税的官署(榷茶都转运司)设在江州(今九江)。修水自宋起驻有课税局大使一人,九品官,曰典税事,至明英宗正统年间裁减。仅这一点，就能说明修水是重要的茶叶大县。

明代李时珍《本草纲目》对双井茶亦有赞誉："昔贡所称，大约唐人尚茶，茶品益众，双井之白色……皆产茶有名者。"

《中国土特产大全》载："婺源之谢源，隆兴之黄龙、双井，皆号绝品也。"

清道光年间，修水茶铺林立，商贸繁华。这时茶叶生意尤其兴旺。据《申报》记载："修水茶庄，多集中于修水县城西摆上，漫江次之，其他各乡额少。……又修水县茶庄，非全系本县商人经营，外地商人来此经营者颇多，惟以本帮人数占多耳。据调查所知，去年修水箱、篓、菁各种茶庄，共计七十三家。"

《江西史稿》载："南宋时，分宁岁产茶叶228万斤。"由此证明，修水茶在历史上有着举足轻重的地位。

有关宁红茶的诞生，历史上有很多种说法。

最早的传说是朱元璋率兵长年征战中，一次兵至宁州漫江乡时，正逢春夏之交，山间瘴气令疲惫不堪的士兵一病不起，上吐下泻，浑身发烫，几日下来更见虚弱。而乡野山间无医少药，将士们一个个急得六神无主。正在这时，当地一老者敬奉以变色茶药（发酵红茶），不想士兵饮后倍觉清爽，三杯下去病去疴除，休养几日后又虎虎生威。病愈后，因见宁红茶外观乌赤，汤色红艳，希望从此抗元事业红红火火，"红"在民间有"吉利、兴旺"之意，而宁有天下安宁平静之义，于是明太祖金口御赐"宁红"。

其次是史料的记载，有三种。一是《修水问茶》的记载：明洪武二十四年（1391）九月，由蒸制茶改发酵散形红茶。至明宣德年间已形成成熟的红茶制茶工艺。乾隆年间，宁红茶始创成功。一种名叫"宁红"的茶在修水横空出世。

二是清代叶瑞延《纯蒲随笔》中记载："红茶起自道光季年，江西估客收茶义宁州，因进峒教以红茶做法。"这种红茶，称为"宁红工夫茶"。宁红工夫茶，简称宁红。

三是《祁门县志·食货志》记载：1875年，徽商胡元龙到修水邀请宁红茶师创制祁红茶。当代茶圣吴觉农先生曾组织专家考证说："宁红是历史上最早支派，先有宁红，后有祁红，宁红早于祁红九十年。"

关于宁红茶的真正来历，我曾多次向江西省茶叶学会副理事长、茶叶专家吴东生求证。吴东生说，红茶真正的起源应该是乾隆年间。他还解释说，最早所生产的是宁红工夫茶，宁红工夫茶不是称为工夫茶的茶艺，是一种茶名，"工夫"二字，代表茶叶制作过程的精湛和要求。而且这个是有据可查的，清代释超全说："鼎中笼上炉火旺。心闲手敏工夫细。"工夫指的是，鲜茶叶原料鲜嫩，制作精湛，萎凋均匀，揉捻充分，发酵适度，毛火温高，低温慢焙，精制加工十分精细，程序复杂。所谓慢工细活出好茶，说的就是这个道理。

宁红是我国最早的工夫红茶之一，在世界红茶市场上享有很高的声誉。

吴东生说到冯绍裘先生。我专程到武汉汉口拜访冯绍裘先生的三子冯时健，从他的口中得知了冯绍裘先生创制红茶的传奇经历。"我老家在湖南衡阳，父亲兄弟三人，父亲1900年出生，9岁即离家求学，23岁从河北保定农业专科学校毕业。1924年，父亲受邀到湖南安化茶叶讲习所任教，从此与茶叶结缘。……1933年，父亲到江西修水担任茶场技术员，负责宁红茶的初、精制试验工作，他设计了一套红茶初制机械设备，首开我国机制红茶先河，宁红茶一经问世即一鸣惊人。"

冯绍裘是中国茶史上一个不可忽视的人物，是"机械茶之父"，滇红的创始人，是中国著名的红茶专家。他寻得中国红茶宝地，创制出世界一流红茶，并且开启了中国红茶新纪元，为我国培养出大批的茶叶专家。

冯时健说的"宁红"，绝不是历史上所记载的"宁红"，应该是使用机械后，首次生产出来的"宁红"。

后来，冯绍裘又到安徽接受改制祁红茶的任务。当时祁红茶泡出来的茶水不红，发乌。经过反复试验，冯绍裘发现：鲜茶叶在发酵过程中残存的叶绿素不仅使红茶叶底发黑，而且影响了红茶的色、味、香。于是，他一反红茶不做夏茶的习惯，试制出新的祁红。这年由他主持精制的30担祁红茶运到上海，被抢购一空，冯绍裘连同他研制的祁红在中国茶界声名鹊起。

宁红茶与近代九江茶市

九江自古就是通都大邑，是中国近代闻名的三大茶市之一。九江由于处于"襟江带湖""七省通连"的有利地位，在古代交通主要依赖水运的条件下，促成它同江西与邻省的著名产茶区连接在一起，成为长江中下游重要的茶叶集散地。

九江开埠通商后，江西一切的输出物产，都以此地为转运枢纽，江西各地茶叶渐渐由此分运沪汉销售，其他路线输出数量日益减少。"通过九江关输出的茶叶数，可见茶叶兴衰之变化。江西修水出产的宁红茶，是江西土产出口的第一大宗。"

1858年，《中英天津条约》增开九江为通商口岸，其时还没有真正的茶商。在此购买的茶，都以原料的形式运往上海，在上海加工、包装后，销往国外市场。

1862年，《中国近代对外贸易史资料》记载，"已有十六七个商人在九江设立茶行，为茶的输出加工"，且发展势头很快。至 1866 年，"浙江、广东、九江、汉口等处洋商洋栈林立"。"由于茶叶贸易有所进展，最近在宁州（今江西修水）及河口地区新成立了七个中国商行开始营业。"这时，深入茶区收购茶叶的商人也增长很快。"1881 年是 252 家，1882 年增至 344 家。这些茶行对收购来的茶叶进行加工制作。"当时《申报》载文描述云："茶栈向章，每次初至此拣茶时，招妇女到栈，换次占座号板，每有给以拣茶票一纸，以号数之多寡为度，以后有票者方能进栈拣茶，无票者不得擅入，谓之'抢板'。……本月初，头茶的埠，各妇女早就闻讯守候在各栈门前，将候开门'抢板'，故栈伙不敢开门。乃妇女昼夜守候，或坐或卧，不离左右，每日两顿饭亦请人送食。如是者数日，街道雍塞，人皆绕道而行。"为了拣茶而"抢板"的妇女已达万人之多，九江茶行规模开始猛增。

1875 年，英国驻九江领事商务报告称："本埠周围产茶地区的发展是很有趣味的，距本埠 87 英里的建德县是 1861 年才开始种茶的，今年提供的茶大大增加了，有些卖价极高，五个新产区的茶已经进入了市场，即距本埠 280 英里的吉安，距本埠 287 英里的建昌（即今江西永修），距本埠 35 英里的瑞昌和九江附近，包括庐山山脉的一些地方。福建附近的谭尾街地区今年也出产了小种茶（Son Chong），供本市销售。"这使得环鄱阳湖区，普遍种植茶叶。由此，以修水为主体的宁红茶悄然出现在市场上。

19 世纪中叶后，修水用原来制作绿茶的茶叶，研制出了宁红茶。这就使原来以出产绿茶闻名宁州（今江西修水），变成了红茶的原产地。

19 世纪 60 年代，九江输出的茶叶量达 19 万担，占全国茶叶出口量的 12%；到 1882 年，仅宁州红茶出口就达 27 万担，1886 年增为 30.7

万多担，占全国出口量的12%还多。最高年份1915年出口量近33万担。

1934年，江西《经济旬刊》所载《江西茶业之展望》一文指出："江西为我国重要产茶区域。山原土壤，肥沃深厚。雨量湿度，亦较顺适，茶树之生育，茶叶之品质，往昔均极旺盛而优良。宁红之驰名，占极优越地位。"

九江茶市鼎盛时期在光绪初年，可谓江西茶业的黄金时代。自后，因宁红衰落，茶市逐渐移至汉口，九江洋行、茶庄，均先后收缩停业。

宁红茶的传说

罗坤化是宁红发展史上一个关键人物，被后人称为"茶工祖师"。罗坤化也是让宁红茶走上万里茶道——古丝绸之路的重要人物。

清道光二十五年（1845），罗坤化出生在修水县漫江乡大源里村。这里是宁红的发源地，也是现在著名的茶叶村。

我随修水县溪流文学社副社长韩汤去漫江时，正值秋天，秋茶刚刚采摘过。一路上遍地是火红的枫叶，让人迷醉。秋天的风飕飕地响着，仿佛每一个姿势都是一种仪式，在欢迎客人的到来。随着起伏的秋波，不时能闻到一缕缕茶香。

时间走到漫江的路口时，像是不走了。炊烟是古代的，羊羔和驴叫得正欢。附近农舍里，却传来烧焦的茶香味。

"有人在吗？"我闻着茶香进屋。一个瘦小的老人蹲在炉灶的边角处，她是一个女人，用陌生的眼神看着我。"老奶奶，我是找罗坤化来的。""什么？"老人的耳朵有点聋，侧着耳朵，用响亮的声音问我，"找罗坤化吗？"老奶奶似乎听到了我的话，愣了一下，然后指着另一处墙角说,"你朝着这个方向走。"

老人是漫江乡旁边复原乡雅洋村人,嫁到宁红村已有40余年了。她种了一辈子的茶,生活就靠茶来维持,老伴去山上把茶采摘回来,她把茶揉碎,然后倒在锅里烤干,卖掉这点茶,够两个老人吃一年的粮食。

老人指的方向在漫江乡的西面,沿着一条窄窄的小街走到尽头,拐到另一条更窄的街,这便是罗坤化经营过茶叶的半条街。那时的"厚德隆"非常有名。一间一间的店铺,还保留着一些旧时的习惯。"这里除了卖茶,还会卖其他的东西吗?""这条街是宁红茶的交易市场。"随即赶来的漫江乡宁红小学校长刘璐璐介绍说。

刘璐璐从学校毕业后,就在漫江乡的杜市小学和宁红小学教书,一直在搜集有关宁红茶的史料,她想利用业余时间,写点有关宁红茶的文章。"你看,那个拱门。上面还残留着一些字迹,上面刻着'茶盖中华,价甲天下'的字样。"

我站在拱门前仔细端详着,仿佛历史并不久远。

修水《义宁州志》记载:"道光年间(1821—1850),宁茶名益著,种莳殆遍乡村……"到清末民初时,宁红茶发源地的宁州下武乡漫江已遍布茶庄。漫江的杜家庄,牌坊下、洞下三处集市街面就有上百个店铺,三十多家茶行。每年谷雨一过,挑脚工蚂蚁搬家似的把各茶庄收购的已装好箱贴了茶号封条的茶箱挑到河边码头上。流经漫江的修河中运载茶叶的船筏最多时有一百三十多只,自牌坊下往下游密密地排开有两三公里。白天,茶市宽敞平坦的石板路上行人、商人络绎不绝;晚上,各茶庄、店铺灯火通明,来自广东、福建、浙江、安徽、湖北等地的客商进出各饭店、客栈、赌坊。杜家庄"大王殿"里的大戏锣鼓从正月初三响起,一直响到七月十五茶叶清仓方才圆场。那戏都是各路各庄各帮的茶庄出了份子，由他们按牌点的。为维持秩序，后来还配有治安团，一排官兵有三十多条枪，晚上还有打更的人通宵达旦地巡逻。

"罗坤化家在街上头2公里处。"刘璐璐说。她随即为我们带路。这是漫江乡杜市村一个叫杜家庄的地方。进去一个小院子，里面是一栋两层的砖瓦建筑。

一个瘦小的老人听见狗叫声，提着一个铜壶从屋里走了出来。

"这是我爷爷留下的东西。"老人说。

老人是罗坤化的孙子，他叫罗运云，已是年过六旬的老人。

说起罗坤化，罗运云说，实际上这壶是罗坤化捐钱救济乡邻时留下来的，罗坤化并没有给罗家留下任何财产。就连墙上挂着的罗坤化的画像，也是根据罗运云父亲罗翠如的回忆画的，相貌和罗运云颇有几分相似。

一把好壶是能传好几代人的。这需要用心，更需要有提壶的精神。

然而，让人惋惜的是时间走到这里不走了，或者说壶就老在了这里。罗坤化将自己唯一的儿子送上了仕途，到了湖南巡抚，也是他的乡人陈宝箴的门下，早早丢了性命，以至于这门茶叶手艺就此失传。

罗运云说，他父亲去世的时候，他才4岁。长大后，乡邻们都在传说罗坤化的故事，他却像是沉浸在梦里。

不知不觉半天就过去了。罗坤化的故事越来越鲜艳，在宁红茶的底部勾勒出一种特殊的色彩。

当罗运云慢慢清晰地看见爷爷时，他便长时间注视着那幅画像，内心不停地和爷爷对话，似乎他的整个青年时代，都在临摹着爷爷的生活。但他始终没有发现这张画像有什么特别之处。直到有一天，那座偏僻的泥巴土屋变成罗坤化纪念馆，修水中专罗坤化茶叶专业的学生来到这里专心研学时，罗运云才真正认识罗坤化，他似乎意识到画中不是一个老人，而是茶叶史上的辉煌。

于是他对爷爷多年来的不解，以及他冷峻的表情，渐渐地变得平和。

罗运云说，罗坤化的名字是从传说中来的。罗坤化的母亲在生罗坤化前，去山上砍柴，掉下山崖，醒来时，一只神鹰守护着她，是神鹰救了她母子的命。罗坤化出生后，父亲去寻找神鹰报恩，没有找着神鹰，在山坡上挖了棵树回来，树栽在门口，不见生长。罗坤化见树就哭，奇怪的是他的哭声唤起了树的生命力，后来树便成了村子里的树王，至今还挺立在杜市村口。

罗坤化的父亲见状，希望罗坤化长大后能够悬壶济世，于是给他取名叫"坤化"。

罗坤化上头还有两个哥哥，从小两个哥哥护着他，基本上不让他干农活。可是随着他渐渐长大，他发现家境越来越窘迫，于是他偷偷地溜出来，去旁边的茶地里帮人摘茶，半天工夫就挣回两个鸡蛋的钱。

罗坤化的父亲十分善良，从不斩杀野畜，即便是食不果腹的时候，也不动杀生的念头，干的也是苦力活，长年依靠挑脚卖柴为生。罗坤化十来岁的时候，父亲就成了漫江有名的"驼子"，背弓着，再也伸不直。罗坤化看着父亲驼背的样子，心疼不已。可父亲还是省吃俭用，让三个孩子识得不少字。

罗坤化稍大点的时候，父亲的背驼得更凶了，走起路来眼盯地面，似寻草芥，再也挑不动担子了。已到分家年龄时，可谓是家徒四壁。罗坤化找到大哥、二哥说："大哥、二哥，我分家什么都不要，我只要爹那根桑木扁担。"大哥、二哥愣在那，紧接着三兄弟哭着抱在一起。大哥、二哥知道小弟的良苦用心。

罗坤化继承了父业，用一根桑木扁担给各家茶庄挑脚，就这样一挑就是几年。闲暇的时光,他就泡在村子的"大王殿"里看戏。有时候,他也会给各茶庄做短工。慢慢地,罗坤化熟悉了一些茶叶的路数。

罗坤化31岁的时候,杜家庄远近闻名的粤帮茶商郭佩堂开的达顺茶庄找上门来,请罗坤化制茶。"罗师傅,我们茶庄出双倍的价钱请您。"罗坤化正犯愁,东家多,可还是施展不开拳脚。现在达顺茶庄找上门来,他自然不会丢弃这块肥肉。可他又觉得为了钱,抛弃以前的东家显然失了道义。他主动提出,在收入不增加,也不抛弃其他小东家的前提下,才给达顺制茶。

他把所学的各路茶庄制茶路数糅合在一起,很快就制出了名动漫江的宁红。

罗坤化40岁的时候,有了开茶庄的念头。他想着,长期帮人制茶,不会有长进,他想通过自己开茶庄,专门研制新的宁红。有了这个念头,他感觉特别兴奋。一个人走在杜市的街头,月光洒落在街道的石头上,到处是一片洁白,他似乎闻到了极致的清香。

罗坤化把这个主意和漫江才子王鸿儒及本家堂侄罗富根说了,两人也很高兴,兴致勃勃地一起喝酒。

王鸿儒脑瓜灵活,饱读诗书,能说会道,还会做账。而且王鸿儒早期去过湖广,见过大世面,因时运不济,家道中落,无处栖身。罗富根号称"莽和尚",人长得五大三粗,通晓长拳短打,十来个精壮汉子莫想近他身。有了王鸿儒和罗富根当左膀右臂,出门在外定能平安无事。

经过周密谋划,罗坤化拿出了全部积蓄,又向乡邻借了些银两,在杜家庄租了几间店面,开起了茶庄。在门前挑起了一面精致的火红锦缎招幌,上有王鸿儒龙飞凤舞书写的"厚德隆"三个醒目大字,又在三山窝岭脚下他家的老屋里吊了十九把筛,作为制茶厂。

从早晨,一直到黄昏,三个人忙得不亦乐乎。夜晚,当万家灯火都熄灭的时候，他们又坐到了一块讨论接下来的事情。除了他们三个人，任何人都不知道他们的想法，更不知道他们在干件惊天动地的大事。

光绪十七年（1891）清明节，绵绵二十多天阴雨后，紧接着是艳阳春暖。转眼间，漫江及邻近四乡那片郊野的茶园竞相溢出一片茵茵的嫩绿。

漫江一年里最火爆的日子就要到了，人们心头荡漾着盈盈的喜悦。各路茶商都把眼睛瞪得铜铃大，等着收购清明头道茶，那是高档上品茶，价钱贵得惊人。一般路数的茶商不敢冒险收购，他们情愿收那二、三道茶，因为二、三道茶不仅茶价低很多，销售风险也小很多。当然，这种茶自然远不如头道茶。

让漫江茶商感到惊奇的是，开张不久的厚德隆茶庄，不仅收购头道茶，而且收购的价格比市上的价格还高出五文钱。"罗坤化的胆子大，一旦卖不出去，他的茶庄就得关门大吉。""风险太大了，超过了毛利价。"一时间茶商议论纷纷，都不知道罗坤化葫芦里卖的什么药。但有一点是可以肯定的，罗坤化再有招数，茶的收购价是固定的，所产生的利润也是可以估算的。就连财大气粗的粤商达顺茶庄也不敢干的事，罗坤化不仅干了，而且面不改色心不跳。大家都以为罗坤化是走火入魔了，都在等着看好戏。

这些日子，罗坤化把自己关了起来。他一个人反复用自己多年来学得的茶叶技术，把那十九把筛子的筛眼的大小规格调了又试，试了又调，从初制的萎凋、揉捻、发酵、干燥到精制的各道工序，一刻也不离开。眼睛红肿酸痛时，他就用衣袖搓搓。瞌睡时，他给自己当头冲盆凉水。就这样反复了几十次后，他又将老辈留传下的三路制法本身、头子、尾片和六路制茶法本身、长身、圆身、茎梗、轻身、下身运用到了制茶的路数中。他前后精心捣鼓了三个多月，总共制出了新版宁红茶一百箱。

光绪十七年农历五月初五,天色大变,几天狂风暴雨后,漫江河山洪暴发,平静的河流瞬间咆哮起来,半天时间,河面比平日宽了一两倍还多。

端午这天早晨,罗坤化早早起床,洗了个热水脸,刮好胡子,换了件新添置的绸缎裤褂皮帽,用白酒擦手后,到杜市牌坊下的关帝殿烧香许愿,这才带着账房王鸿儒、保镖通事罗富根上了停泊在码头上的货船。

河道被渺渺烟波笼罩着。

站在船头,罗坤化望着漫江的青山绿水,以及自发来为他送行的乡邻,想着自己第一次走出大山,喉头哽咽,竟然热泪直流。

就在货船刚刚启动的刹那,罗坤化撩起长衫,扑通一声跪在船板上,紧接着狠狠地磕了三个响头,就头也不回地钻进了船舱。

"坤化,早点回来啊!"身后是乡邻们的喊声。

七百里修江,滔滔修河水。

三个人加上船家,一路上铆足了劲,气运丹田,声如裂帛,卖力地唱起来。

……

货船经山口,过涂家埠、泊吴城,在九江报关后,不日就到了江南重镇汉口。

汉口号称"九省通衢",货船抵达时正值黄昏,华灯初上,到处流光溢彩。

江面上商贾云集,人头攒动,一片热闹非凡的景象。罗坤化早就听说过"装不完的吴城,卸不完的汉口",这回算是眼见为实了。

下船后,稍做休整,物色好运输板车,罗坤化就朝着汉口最大的

"武当"茶行奔去。

这间茶行鼎鼎有名,来武汉销售茶叶的商人,大多数落脚武当。这里形成了一个规定,需要在武当做好注册登记,这才能将茶叶销往世界各地。

武当茶行到处张灯结彩,一派喜庆气氛。茶商门脚步匆忙,脸色显出几丝神秘、紧张。门前站着几个衙役捕快。

"要不咱们找个小茶行吧!"罗富根虽然武艺高强,遇到这等场面内心却是十分胆怯。

"既然来了,就去这家。"王鸿儒虽是柔弱书生,可懂得些许路数,知道大茶庄必定有大市场的道理。

听了王鸿儒的话,罗坤化的心里踏实了很多。

三人小心翼翼地走到武当的门口。罗坤化的脚步迟疑了下来,毕竟这是他第一次走进这么大的茶行,内心还是有些紧张。

突然,一个大汉从门口走了出来,正好撞着了瘦小的罗坤化。

此人不是别人,正是俄国使馆的巴诺夫。

罗坤化从未见过外国人,傻傻地看着巴诺夫。

巴诺夫见罗坤化憨厚老实,便停下来,和他说话。

罗坤化不懂俄文,小二见状,忙上前解说。罗坤化自我介绍说:"我是新来的,江西宁州茶区漫江厚德隆茶庄的罗坤化,生产的是宁红茶。""宁红?"巴诺夫几乎熟悉中国所有茶市品牌,宁红还是头一回听说。新茶敢闯汉口茶市,细心的巴诺夫决定看看罗坤化的手艺。罗坤化把随身带的宁红样品打开时,巴诺夫就激动了。他把宁红捏在掌心上,闻了又品,品了又闻。

"这可是俄国的大茶商。"小二在旁边解释说。的确,巴诺夫不仅是官员,而且还是茶商,汉口运往俄国的大多数茶叶都是通过巴诺夫介绍的。

罗坤化感觉找对了人，内心惊喜的同时，又忐忑不安。

突然，巴诺夫转身竖起大拇指大赞，说这是上等的好茶，问他有多少，什么样的价钱。"一百箱，每箱一百两白银。"巴诺夫按此价将茶全部买下。

罗坤化喜出望外，他怎么也没想到，初到武汉就遇上如此好的买家。

卖完一百箱宁红，罗坤化激动地回到了漫江。回去后，罗坤化给王鸿儒、罗富根支付了丰厚的报酬，并再三叮嘱二人，不要张扬，一定要潜心制茶。

从这之后，罗坤化厚德隆茶庄制作的宁红茶源源不断地运往汉口。厚德隆茶庄也逐渐壮大，为了回报王鸿儒、罗富根，罗坤化分了股份给他们，两人常年从中分红。

"罗坤化待人不薄，以至于厚德隆茶庄很快就传遍了大江南北。"罗运云说。

因为宁红不断被巴诺夫大量收购，也就顺理成章地走上了古丝绸之路的万里茶道。

宁红经过几千里的水路运输，交至晋商手里，在恰克图交易以后，俄商从伊尔库茨克西行，穿过西伯利亚，直到莫斯科和圣彼得堡。这条茶叶之路历时260余年，横跨欧亚大陆。

那段历史，想一一查证，目前还比较困难。但从2012年中俄蒙联合拍摄的150集《茶叶之路》来看，其中两集关于修水茶叶的片段，印证了罗运云介绍的罗坤化厚德隆茶庄所制作的宁红在万里茶路上的影响。同年，山西电视台《晋商之路》摄制组专程到修水，拍摄修水宁红茶走上万里茶道的路线。

万里茶道是继丝绸之路后，于 17 世纪末到 20 世纪初，在欧亚大陆兴起的又一条重要的国际商道，也是中西文化交流融合之路。万里茶道从中国福建崇安（现武夷山市）起，途经江西、湖南、湖北、河南、山西、河北、内蒙古，从伊林（现二连浩特）进入现蒙古国境内，沿阿尔泰军台，穿越沙漠戈壁，经库伦（现乌兰巴托）到达中俄边境的通商口岸恰克图，全程约 4760 公里，其中水路 1480 公里，陆路 3280 公里。茶道在俄罗斯境内继续延伸，从恰克图经伊尔库茨克、新西伯利亚、秋明、莫斯科、圣彼得堡等十几个城市，又传入中亚和欧洲其他国家，使茶叶之路延长到 13000 公里。

俄国是一个茶叶的国度。著名作家列夫·托尔斯泰曾经说过："我需要喝很多茶，因为没有它我就无法工作。茶会唤醒萦绕在我灵魂深处的灵感。"

1861 年汉口开埠，即成为世界上最大的茶叶集散地和贸易中心，中国 60% 的茶叶经此沿万里茶道销往俄国或经俄国销往欧洲。修水由于邻近国内三大茶市中的九江和汉口，至咸丰初年，宁红茶在种植、加工、销售等各方面已有相当规模。那时，80% 的宁红茶是经汉口港出口的。

巴诺夫是最早在华经营茶叶的俄商，他出身于俄国贵族，是沙皇尼古拉二世的表兄，当时是俄驻汉口总领事，也是俄资阜昌洋行老板，时称"巴公"。巴诺夫经营的茶叶主要是宁红茶。那时祁红、滇红还未问世，茶市上宁红、河红竞争较大，"宁红"相较"河红"外观更秀丽，香气高远无烟熏味，汤色红亮不暗淡，巴诺夫更喜欢宁红。在俄国宁红售价更高，更能被上流社会所接受。

应该说，罗坤化的厚德隆能够红火，得益于茶道上的知己巴诺夫。巴诺夫不仅是个商人，还是政治家。在巴诺夫的引荐下，罗坤化的宁红很快就打入了俄国皇宫。俄皇太子尼古拉是个爱茶如命的人，见到巴诺夫送来的宁红特别好奇。"这茶是中国最好的茶吗？"尼古拉问。

"殿下，这是上等的红茶。"巴诺夫说。

尼古拉做了个奇怪的表情说："好茶是逃不过我的胃的。"

很快，泡好的宁红茶端了上来。

尼古拉端着杯子闻了又闻，小心地品了一口，闭着眼睛仔细地回味着，然后高兴地说："快快关上门窗，不要把这真香泛淡开去。这竟是我有生以来喝到的人间最好的茶。"

说完两人哈哈地大笑起来。

1891年4月5日，这一天无论是对罗坤化来说，还是对宁红来说，无疑都是个好日子。

这天，尼古拉和他的好朋友希腊王储格奥尔基一行约30人乘坐"亚速纪念号"巡洋舰开始了他们的中国之行。而他们此行的目的，主要是到武汉会见罗坤化。

尼古拉从香港抵达广州后，受到了李鸿章的哥哥——两广总督李瀚章的热情款待，各种海鲜山珍名酒佳酿已让尼古拉一行感受到中国人的热情好客，也体会到了中国美食的极致诱惑。

在广州稍做休整，4月8日，经福建、浙江、江苏后，他们于4月20日清晨抵达汉口。

半个月内他们可谓是吃遍粤菜、浙菜、苏菜等，几乎每天沉浸在酒池肉林中，到达汉口时多人已积食不化，尼古拉也过食伤身，头晕脑沉。

到汉口时，天还未亮。尼古拉在船上召见俄领事，巴诺夫听闻太子身体不适，即刻献上了准备已久的宁红茶。

太子打开茶包，闻到一股独特的清香，精神为之一振。

巴诺夫拿出准备好的青花瓷茶具，吩咐按中式泡茶方式将茶水分给众人。白瓷衬映得茶汤清亮红艳，捧在手上个个惊艳不已，野生植物的香气袅袅而来，众人仿佛置身于清晨的森林之中。尼古拉一行平时喝的是煮茶，加上奶、糖等，茶具是铜铁制品，大家哪见过这世面？都呆着看尼古拉。尼古拉慢慢饮茶，清爽直入心脾，如沐春风，多日不适已去大半。"好茶，好茶。"尼古拉大赞。

巴诺夫说这是万里茶道上最好的茶叶，价格最昂贵。

饮过茶后，尼古拉率领同行人出船观看两岸景色。两岸灯火辉煌，旗帜飘扬，巴诺夫介绍这是湖广总督张之洞为欢迎他的到来所做的安排。

尼古拉极喜，精神焕发，感觉神清气爽，口齿之间还有茶叶余香，对宁红茶又大赞了一回。

天刚刚透亮，云丝雾隙间，盘盘桓桓的石阶上，列队站着许多衙役。张之洞率在汉的官员，列队在码头欢迎俄太子。张之洞向尼古拉作了个揖说："殿下一路劳顿，辛苦了！"

中午，张之洞在汉口名楼晴川阁宴请尼古拉，中方在汉口的高层官员陪同，名士辜鸿铭担任翻译，俄方太子尼古拉、希腊王储格奥尔基和领事巴诺夫等全部在座。

"感谢张大人的热情款待。"尼古拉客气地说，并称赞总督治理下的湖广繁荣昌盛，赞扬汉口是"伟大的东方茶港"。席间闲谈时，尼古拉提到宁红茶的神奇，张之洞平素喜欢喝绿茶，却不知宁红，询问左右，按察使陈宝箴起身回应乃"家乡江西义宁所产"。辜鸿铭也称宁红是红茶中的上品。陈宝箴是江西义宁人，当时任湖南巡抚，是维新变法的风云人物。

饭后，待客人坐稳后，陈宝箴让在酒楼等候的罗坤化呈上极品"宁红",大家品着"宁红"相谈甚欢,到下午五点才散去。

次日(1891年4月21日),尼古拉又饮"宁红"茶,精神大好,便向巴诺夫详细了解罗坤化所制的"宁红"的来历。巴诺夫介绍说,这种茶生长在深山的云雾之中,价格是所有茶里最贵的。

"真是好茶,真是好茶。"尼古拉兴致越来越高,"拿纸笔来。"

尼古拉兴之所至,提笔写下"茶盖中华,价甲天下"。现场响起一片热烈的掌声。

巴诺夫将"茶盖中华,价甲天下"俄文译成中文装裱成高约4尺5寸、宽约2尺4寸的金边玻璃匾,镜框内竖着题写"茶盖中华,价甲天下"两行红字(排列如对联)。

半月后正是江南早稻吐穗扬花的时节,漫江依然像往常一样宁静而繁忙。突然,一阵马达的轰鸣打破了山里的宁静,通往漫江的修河里,一艘"突突突"冒着黑烟的怪物正飞箭般从下游驶来。自打盘古开天地以来,漫江人也没见过这样的怪物。

几个金发碧眼穿着古怪的洋人,抬着一块门板大的牌匾,由一个着长袍马褂蓄长辫的中国官员陪着,下了跳板顺着那光滑的麻石条码头款款走来,冷不丁那船上又炸雷似的一声炮响,人们还未回过神来,紧跟在那几个抬匾人后面唢呐鞭炮一齐响起来。

"俄国太子给坤化送匾了。"消息很快传遍了修水的十里八乡,传遍了大江南北的茶界。

"感谢俄太子。"罗坤化率厚德隆茶庄全体人员跪地接匾,以示对俄国太子的诚挚谢意。

不日,一款"宁红太子茶"出现在了万里茶道上,金光闪闪的几个大字,特别的耀眼。尼古拉收到罗坤化以他赠送牌匾命名的"宁红太子茶"格外高兴,在皇室和上流社会中大力倡导宁红茶,"宁红太茶"在俄上流社会风行一时。三年后（1894），俄太子尼古拉登基成为末代沙皇尼古拉二世。

厚德隆茶庄大批量生产的"宁红太子茶"，一夜走红。罗坤化开始把这一技术传授给乡邻，所制的茶全部高价收购。

光绪十八年开始（1892），宁红茶在国际（主要是俄国）茶叶市场上步入鼎盛时期，每年输出三十万箱。光绪三十年，宁红茶输出达三十万担。

1904年，新产的"宁红珍品太子茶"成为清朝的贡茶。

光绪三十二年（1906），巴诺夫属下阜昌洋行及俄资新泰洋行、顺丰洋行前来修水考察，决定在修水设立义宁州分行，采购宁红茶十七万多担，其中新泰六万担，顺丰八万担。

清末民初，宁红茶出口量在二十万箱左右，约占全省茶叶出口量的百分之四十。1892至1894年，宁红茶出口约三十万箱，每箱约61市斤。1912至1913年，宁红茶输出海外每年达二十余万箱，贸易额在千万元左右。修水县出口的茶叶均占中国总数的十分之一。

罗坤化成为富商之后，不多置田产，而乐助公益。《罗氏家谱》中记载他"广行义举，凡乡里修桥、铺路、办学堂，建育婴堂，州里建文峰塔、修南山崖，以及改良茶业之善举，无不慷慨解囊，立捐巨赀，虽三再至三而不吝其款……周人之急，施不望报"。

那天晚上，我行走在"小南京"的街头，感觉在那个遥远的夜晚，有很多的人在黑暗中行走，在我身边的暗处，有着永远擦肩而过的孤独和疲劳。想象着百年前的湍湍流水，在河岸两旁，生长着漫山遍野的茶树，味美异常，滋润着河水。河水因此甘甜，土壤因此肥沃而健康。那该是怎样的一个桃花源的世界呢？

罗坤化死前，把自己的手艺和家业都毫不保留地传给了漫江茶人。

他说自己一生得益于乡邻相助，宁红茶才得以名声远扬。死后，安葬在离家十多里路的山头上。一生为茶，却没能照顾到母亲，这是罗坤化内心最为愧疚的事。当他快走完自己的一生时，罗坤化再三叮嘱后人，死后一定要安葬在母亲的旁边。"生没能为她老人家尽孝，死后一定要守在她的身边。"

那段久远的繁华历史，从此一去不复返。让人欣慰的是河水清澈，生态幽美，始终保持着原有的风貌。

现在，漫江到处是茶山，大多数村民都依靠茶叶致富。在进乡的路口上竖立着"宁红原产地"的石碑。还建有"宁红小镇"，有以"宁红"命名的村庄。

一代历史茶人，从此融入了宁红茶的传说中，成为后人供奉的茶神。

郭敏生与巴拿马茶叶最高奖

1912年1月1日，中华民国临时政府在南京成立，孙中山被推举为临时大总统。1912年2月，清帝溥仪退位，统治中国268年的清王朝宣告结束，同时也终结了中国长达2000年之久的封建君主专制制度。

就在郭敏生准备去义宁从事布匹生意时，他收到漫江乡政府的口信，邀请他回漫江做大"宁红"品牌。

郭敏生虽然是漫江杜市人，深知罗坤化的名声，可他对茶叶生意没有太大的兴趣。他开始回绝了乡政府的盛情，认为那是杜市茶商的事情。何况自己年近六旬，已在布市上摸爬滚打好多年，不仅有了生意门道，而且还积得了一些薄利。

没几日，漫江乡政府又捎话来，意思是罗坤化去世后，茶庄经营已在革命前动荡，希望他能够回去重整旗鼓。关键的是，那时郭敏生颇有影响，算得上是漫江有头有脸的人。加之他父辈都是制茶人，只要他愿意回乡，必定有办法带动乡邻把茶叶生产抓起来。

社会动荡是结束了，可发展宁红茶得从头开始。

郭敏生最终还是说服了自己，回到漫江开设了"义泰祥"茶行，开始生产后来知名于世界的"宁红贡茗"。

一天下午，乡邻突然来访，给郭敏生带来了一个振奋人心的消息。原来，民国农商部在全国评选农工艺术品，为筹备巴拿马博览会参展产品做准备。那时，郭敏生刚刚熟悉一些制茶技术，正在摸索发展茶叶之道。郭敏生意识到，这是个不容错过的机会。他当即找到了乡政府乡长郭长贵。"咱们漫江的红茶可是出了名的，一定要想法子报上去。"

郭长贵听后，非常重视，连夜收集申报材料，坐驴车将材料送到了义宁县政府。

半个月后结果出来了，"宁红贡茗"仗着过去的影响力被选中了。

那天傍晚，郭长贵把这个消息告诉郭敏生时，郭敏生高兴得接连自饮了三杯白酒。"当年罗坤化可是闭关制茶，茶叶可以说是在万里茶道上畅通无阻。现在就看你的了。"郭长贵说。这句话一出口，郭敏生就蹙紧了眉头。

郭敏生明白郭长贵话里的意思，但他心里还没有足够的底气。罗坤化依靠自己的制茶技术，把宁红茶推向了世界，赢得了"茶盖中华，价甲天下"的美誉。如果能够评得大奖，我也不枉为一介茶商。

"对了，你看我，差点忘记了。"郭长贵说着从怀里抽出一沓纸来，递给了郭敏生。

这是一份民国农商部关于参展的宣传册，里面详细地介绍了这次博览会的情况。

郭长贵说的巴拿马博览会全称是"美国旧金山巴拿马太平洋万国博览会"。早在1912年2月，美国政府就宣布，为庆祝巴拿马运河即将开通（巴拿马运河区当时由美国代管），定于1915年2月在西海岸的旧金山市举办此次博览会。

1914年3月，美国派劝导员爱旦穆到中国，游说中国派代表团参观。虽说当时国内政治动荡，北京政府还是将此事作为中国走向国际舞台的一件大事。

北京政府立即成立农商部全权代理此事，并专门成立了筹备巴拿马赛会事务局，各省相应成立筹备巴拿马赛会出口协会，制定章程、征集物品。物品大致分为教育、工矿、农业、食品、工艺美术、园艺等，征集范围从工矿企业、学校、机关直到普通农民。为了提高各地征集人员的积极性，事务局还颁发了《办理各处赴美赛会人员奖励章程》，规定"凡各处办理出品人员征集出品赴美能得到大奖章三种以上，由本局呈报农商部转呈大总统分别核给各等勋章；能得金牌十种以上或银牌二十种以上、铜牌四十种以上、奖励五十种以上者，由本局呈请农商部分别给各项褒奖以示奖励"；"凡办理出品人赴美参赛如能改良国际商品、倡导海外贸易确有成绩著述者，由本局查实呈请农商部转呈大总统核奖各等勋章。"

美国是个新兴大国，能参加这次活动，对于郭敏生来说不啻为上苍送给他最好最及时的一个机会。

"太好了。"郭敏生接过宣传册，沉寂的脸上又放出了红光。

有了这个册子，干起来就更有针对性，可省去不少的时间。

7月农商部中路考察组来到漫江，对各地申报的参展实物进行审查，这意味着"宁红贡茗"正式入选了。年底前，农商部北、中、南三路考察组从十九个省征集参展的十万多件产品征集到位，并完成了甄别、分类、编号、打包等工作。

第二年茶季，郭敏生在漫江制作了五十斤"宁红贡茗"，准备赴美博览会展台试销。

1915年2月20日中午12时，巴拿马万国博览会在旧金山开幕。旧金山市市长在开幕式上发表演讲，美国总统西奥多·罗斯福等国家政要亲临会场助兴。

博览会开幕的第一天，参观者如潮水涌动，络绎不绝地进入展馆，人数超过20万。出于对神秘的古老中国的好奇，当天的中国馆参观人数达8万人之多，其中包括美国总统、副总统和前总统，以及各部门的高级官员。

由于中国代表团人员有限，中方团长陈琪到旧金山之前，就委托中华民国驻美使馆在全美招募了一批中国留美学生来中国馆做义工。

中国当时是一个贫穷的国家，虽然有意在此次赛会上一显身手，但只得到24万美元的参赛经费，这些经费包括大宗场馆建筑、物品转运、陈列装饰、保险、报关等一切与参赛有关的支出。但以团长陈琪为首的中国代表团没有气馁，他们精心设计，中国馆系参仿北京太和殿而建，将中国展品分为九个陈列馆展出。另外还搭建了中华政府馆，分为正馆、东西偏馆、亭、塔、牌楼六部分，雕梁画栋，飞檐拱璧，蔚为壮观。

中国馆内，除了来自全国各地众多的茶叶外，其他亦是土特产，如东北的大豆、山东的丝、茧、油，北京的地毯、绢花、毛线、果脯，四川的白蜡、桐油，江苏的苏绣、棉纱，浙江的绍酒，福建的海产品、樟脑，广东的乌木家具，景德镇的陶瓷等。不似西方各家展馆中陈列的大多是巨型蒸汽机、打字机、印刷机、造纸机、抽水机、挖泥机、织布机、双筒枪、克虏伯炮、瑞士表、八音盒、钢琴、保险柜，甚至妇女的束腰、胸罩等，可谓是"万宝杂陈，心目俱骇"。

由于宁红茶早已蜚声海内外，因此来展位的人特别多。一个金发老妇人饶有兴致地询问着宁红茶的制作过程，郭敏生详细地给她解释，一旁的翻译用流利的英文做着翻译，最后老妇高兴地买走了一大包。

中国馆地处博览会中心地带，前为馆区大道，与纽约市馆和伊利那省馆相对，左临加拿大馆，右邻阿根廷馆，后距暹罗馆约百步，东折数十步即为美术馆的西门。

因此，中国馆每天都是人头攒动、熙熙攘攘，各色人种应有尽有。总之，他们都兴高采烈、充满好奇，来了一茬又一茬。

与游馆的总人数相比，真正的购物者可以说是少之又少，来的人十有八九都是来看热闹的。

接下来几天，天空下起了小雨。游人明显减少。

郭敏生趁机去日本和印度的展馆了解两个国家的机器制茶的最新进展。

日本的绿茶和印度的红茶因为全部普及了机器制作，色香兼美，规格整齐，价格比中国便宜。印度主要使用的是欧洲机器，而日本则在西方技术的基础上，自行研发更为先进的制茶机。不仅如此，日本的陶瓷以其鲜明夺目的颜色，引起了郭敏生的兴趣。这些漂亮的陶瓷制品，既模仿西洋，又立足东方，两者结合，给人耳目一新的感觉。

日本国的先进技术和创新精神，给郭敏生留下了深刻的印象。

5月博览会进入高潮。大会成立高级评审委员会，由美国派人出任会长和副会长，秘书长分别由美国、澳大利亚、阿根廷、荷兰、日本、古巴、乌拉圭、中国代表出任。

大会成立了由来自世界各国科学、艺术、工商界的五百人组成的评审团，中国有十六人参加。8月评审工作接近尾声，年底颁布获奖结果。

当寒风刮过江南的时候，整个杜市被冬雪覆盖着，人们围坐在火炉前，烤着炉火，计算着一年的收成。"奖项也该出来了吧！"大家不时议论着。

很快消息就传来了，历时近十个月的巴拿马万国博览会终于降下帷幕，根据与会国代表的充分讨论，按照参展产品的实际情况，会议决定设立六个奖项等级即甲级大奖、乙级荣誉奖、丙级金奖、丁级银奖、戊级铜奖和巳级奖。

整个博览会期间，共评出 25527 个获奖产品，其中实发奖章 20344 块，奖状 25527 张。中国展品获奖章 1218 枚，为各国获奖之冠。

在这次博览会上，"宁红贡茗"击败了日本茶叶。包括祁门工夫红茶和太平猴魁在内的中国二十一种茶叶，获得甲级大奖，重塑了"宁红"茶在世界的形象。

郭敏生拿着甲级金质奖章，内心激动不已。

这是一枚沉甸甸的金牌，金牌的正面是一对赤裸的青年男女，分别代表太平洋和大西洋，他们注视着对方，在光芒四射的旭日下，透过薄薄的云雾正在走向一起；左右两侧海洋中间是一小条陆地，象征着由巴拿马运河的通航进一步带来了大西洋和太平洋地区的团结和繁荣。底下有拉丁文，意思是"人类从不同的地区相聚在一起"。最后一个字母里面隐藏了奖牌设计者约翰·弗兰纳根的名称缩写 JF。

奖牌的背面，当中是博览会的中心建筑——旧金山的宝石大厦，四周英文是"巴拿马太平洋世界博览会"的全称。建筑物下面一个旋涡装饰的方块里显示英文 MEDAL OF AW ARD，是奖牌的意思。左右两边是两枝优雅的棕榈树枝叶，由此衬托出博览会的象征意义、主题和中心位置。宝石大厦的背后是旧金山湾的海面，远处隐约可见名城的起伏山峦。下面古罗马字 MCMXV 是博览会举办的年份 1915。

"这是真金做的吗？"在回来的路上，郭敏生躺在船舱的铁架上，一遍又一遍地看着手里的奖章。他明白，是什么材质的不重要，重要的是这块奖牌比金子不知道贵重多少倍，这可是全世界对"中国宁红"的最高奖励。

夜空下的太平洋风平浪静，皎洁的明月照耀在一望无际的海面上，海面上跳跃着银色的波光。郭敏生的心里开始波涛澎湃，十个月过去了，他终于可以满载着荣誉回到自己的祖国。

世界博览会最高奖的巨大声誉，让宁红茶再次蜚声海内外。随着国内外销路的重新打开，修水出现了一大批专制宁红的大茶商，经销宁红的茶行也遍布全国各大城市，并在英国、美国、法国、俄国等国家开拓了巨大的国际市场。

郭敏生为了确保茶叶的质量，把家安到了茶行，日夜观察茶叶的变化，力求制作茶中精品。

后来，郭敏生年事已高，将其制作茶叶的技术传授给了乡邻，并将茶行一半交给其侄子郭敏歧经营，另一半捐赠给公益事业，用来架桥修路。

1922 年郭敏生去世。在他的门前横挂着两副挽联，一副是郭敏生的近亲黄筱山挽："感鲍叔分金，效季子挂剑；羡南洋得奖，荷东海题褒。"另一副是当地秀才莫和硕挽："数卷书，饥不可食，寒不可衣，早经崛起市廛，九合夷吾真不朽；万贯财，积而能分，聚而能散，况复茶颁国典，五湖汇蠡竟能追。"

莫家兄弟与"宁红不到庄，茶叶不开箱"

世界上所有的茶都是从土里生长出来的。没有一棵茶树是可以离开茶人的，应该说，莫雪岷兄弟是漫江真正意义上的第三代茶人。第一代毫无疑问地落在罗坤化的身上，第二代理所当然是郭敏生。

1881年，莫雪岷出生在漫江中平（现为宁红村管辖）。莫雪岷共有四兄弟，他在家排行老二。老大名绍春，老三名峻石，老四名模尘，四兄弟均以做茶为业。

实际上郭敏生获得世界茶叶最高奖时，莫雪岷兄弟还是漫江的茶叶小商人，但是兄弟俩心里有条大河，他们想让宁红茶在世界上树立更高的地位。有了这种高远的志向，兄弟俩的内心就宽阔了起来。

一天晚上，莫雪岷把兄弟四人召集到一起，茶饭过后，莫雪岷开口了："老大，老三，老四，今天叫你们过来，是有事情要和你们商量。"兄弟三人都看着莫雪岷，知道他从小就脑瓜子灵活，很会交际，颇善言辞，工于心计。可就是身材矮小精瘦，一只脚微跛，当地人给了他一个不太文雅的称号——"拐子"。

"咱们把茶叶买卖合在一起干，开一个大茶庄。"他的话音刚刚落地，几兄弟的头就低垂了下来。当时，兄弟几个的茶庄生意都还不错。分家都不是件好办的事，合起来就更难了。即便是几个兄弟点头同意，恐怕嫂子弟媳那里也过不了关。何况几个女人都是小心眼，一旦吵闹，说不定还会撕碎兄弟间感情。

"我看这事就到此为止吧。"老大莫绍春起身了。

"别！即便是谈不拢，兄弟间的感情还在，既然来了就多坐会儿。"莫雪岷又让妻子倒了杯热茶。大家又七嘴八舌地说了一通。

"老大，咱们先不说合与不合，你觉得咱们是各干各的好，还是合起来的力量大？"

"当然是众人划大船。"莫绍春抢过话说。

"我的生意最小，怎么干都可以。"老四莫模尘说。他不想得罪大哥，也不愿意得罪二哥。

实际上虽然莫雪岷腿脚不便，可他的茶叶生意做得最好，而且从很小的买卖中积累了一定的经验，也有了一些积蓄。他觉得这样小打小闹下去，很难成规模，而且无法与大的茶行相抗衡，只能是活在别人的屋檐下。于是他想出了这个合伙的主意。

第一次显然是不欢而散。

后来莫雪岷又去找过两回，都吃了闭门羹。

"这事要么就这么算了吧。"夜深人静时，莫雪岷还是翻来覆去睡不着。

莫雪岷不愿意放弃，也不想放弃。"无亲无故的人都能合伙，何况还是同胞兄弟呢？"

莫雪岷没有急着找大哥，而是先从两个弟弟那里入手。他逐个找上门，只字不提合伙的事情，而是念旧情，说二哥从小腿脚不好，得到两位弟弟的照顾，现在茶叶生意顺风顺水，给两个弟弟送来了些布匹，弟媳和孩子都用得着。这是正常的往来，两个弟弟自然没有拒绝，都如是收下了。

事情过去了半月，老三、老四主动找到莫雪岷，说不管老大来不来，他们都愿意跟着二哥干。

听了老三、老四的话，莫雪岷开始自然是高兴，但是脸色很快就暗淡下来。"二弟、三弟啊。咱们可不能抛弃大哥，要发财得是四兄弟。你别看大哥的脾气倔，可咱们都是他的亲弟弟，长兄如父，只要咱们一条心，他必定不会不顾咱们的。"

有了莫雪岷这番话，两个弟弟也就更有信心了。合计商量后，他们决定摆桌"鸿门宴"，不仅要把老大请来，还得把嫂子和几个孩子一道请来，还得把老娘也请来，一家人就算是团圆了。

主意一定，请客的人不是别人，是莫雪岷的母亲。这母亲请几个儿子，岂有不来之理？

老大别人的话不听，他娘说可是一句都不还嘴。

"老二说得对，咱们这茶庄还就得四兄弟一起开。"老母亲倒是快人快语。

"娘，你这是……？"

"媳妇都听娘的，你们都是娘的心头肉，你们在一块，娘心里踏实。"老娘开始说起旧事，"你爹就是希望你们能团结，相互支持，给咱们家开个大茶庄。罗坤化在生意上赚了大钱，没有亏待他的两个助手，更没有亏待咱们乡邻，何况你们是亲兄弟，不论谁来掌管，都应该是公平的。老大不会多拿一份，老二更不会给老三少一份。"老娘的一摊子话，让兄弟几个陷入了沉思。没一会儿，他们就举杯向老母亲敬酒："娘喝茶，咱们喝酒。"然后，兄弟几个痛快干杯。

1915年，粤商唐吉轩、陈翌周、陈玉麒等集资于修水县城东北白鹇坑创办宁茶种植有限公司，从英国购进新式克虏揉捻机、干燥机等制茶设备。

从这以后，"宁红"茶叶走上了历史的巅峰期，红遍大江南北。

莫雪岷自知"宁红"已创下了不朽的辉煌，却愿意把茶叶交给几个兄弟经营，而自己仅留下微薄的钱财用于生活。

1916年，莫雪岷兄弟四人合伙办的茶行在漫江开业了。"怡和福"几个金光闪闪的大字格外的醒目。茶行内制茶工具也添置停当，只等来年春茶上市便可生产。

这是继罗坤化、郭敏生的茶庄之后，漫江又一规模宏大的茶庄，采茶的季节仅员工就有一千余人，平常也有六七百人，茶行主要由老大绍春、老三竣石管理，莫雪岷主要抓对外销售。

令人感到惊奇的是，漫江的每代茶商，都是白手起家的。似乎每个茶庄都是从土地上生长出来的，不需要较大的本钱。

1936年，根据茶叶发展的需要，"怡和福"被改名为中平茶叶生产运销合作社。运销合作社是指从事社员生产的商品联合推销业务的合作社，有时候兼营产品的分级、包装、加工等业务。

1938年，在中平茶叶生产运销合作社的基础上成立修水茶联社第一精制茶厂。这应该是修水茶史上成立最早的制茶厂，除了加工中平本社毛茶外，还加工漫江沙溪和黄荆州两社的毛茶。

茶叶市场越来越好，规模也在不断地扩大。直到1940年，茶厂已有四个合作社。莫绍春为第一精制厂经理，莫竣石、莫模尘负责中平社，莫雪岷依然是负责外销。

在兄弟四人鼎力协助下，茶厂所生产的"奇奇号"太子茶畅销国际市场，价高不说，市场更是供不应求。

1940年，制茶厂生产的四百箱"奇奇号"太子茶是选用清明前后五天采摘的一芽一叶的上好鲜叶精制而成的。由于当时上海已被日寇占领，所以分为"一五"小箱装运香港出口，每箱用二十四个龙须茶盖面，龙须茶是中平社创制的特种宁红工夫茶，以其身披五彩，叶条似须而得名。凡贡箱茶每箱在四角和中央放五个或二十四个龙须茶盖面，作为彩头、标记和特惠销往苏联及欧美各国。

修水路远迢迢，"奇奇号"宁红茶运到香港口岸时，其他省的茶叶已早到一两天。由于宁红茶迟迟未到，香港口岸专等宁红茶开箱评优。也就是在这一年，香港口岸茶市形成了"宁红不到庄，茶叶不开箱"的行规。

宁红"奇奇"太子茶被评为百分优等茶，得奖金600元（省奖500元，县茶联社奖100元）。获奖电报打到修水，县茶业工会和县茶联社买了三筐箩爆竹从修水县城一直燃放到漫江。茶业前所未有的辉煌,当地对茶叶的重视和茶商的喜悦无法描述。

日寇全面侵华期间,有些茶商还在发国难财,乘机把茶价压得很低,还有不少商人收得茶叶就运到黑市上去,日本人乘机吃下再转售外人,从中牟利,以战养战。也有人找莫雪岷,"我还有点良心,就算是饿死,我也不会把茶叶卖给日本人"。

那个黄昏,天色将暗,月亮已经升上天空,是一种奇异的淡黄色。如宣纸,中间一抹清淡的云。总感觉河流的船只穿梭往来,不时还会传来吆喝的声音,好似那些远去的茶人又回来了,船上还装着金光闪闪的白银。

高昂的茶叶价格,不是一两句话能言尽的。一个茶人的眼光、动机和执着,对于后来的茶商来说无疑是个挑战。

人生得意须尽欢,莫使茶碗空对月。这份执念,便是宁红茶的精神养成的。

第二章　此处茶汤养精神

双井茶

双井绿茶好看。茶在杯底，整杯水都晶莹剔透。如黄庭坚的字，从哪个角度都独具风味。

我知道黄庭坚与"双井茶"的故事是从我父亲去双井的路上开始的。那时黄庭坚与我丝毫没有关系，自从爷爷和我讲过父亲的故事后，我的思想开始在双井四处漫游。

爷爷说，父亲从小很不听话，不爱学习，总是让爷爷烦心，七岁那年，爷爷第一次带着父亲从溪口镇北面山旮旯里的上庄罗家窝村步行去修水县城，那时双井是去县城的必由之路。早晨鸡鸣前出发，一直走到黄昏，太阳刚刚落山时才路过双井。那时山里没有公路，全靠脚步一点一点地丈量。

双井村享有"杭山拥翠、碧水扬波"的美誉。三面环山，一面临水。在著名的"修江八景"中，双井村就拥有"双井访茶""石矶钓月""草径闲鹭""十里秀水"四景。

父亲没有出过远门，一路上满心的好奇，远途的劳顿，使脚下磨起了几个水泡。走到双井时，见路旁有个歇脚的亭子，就坐了下来，一屁股坐下去，就再也不愿意站起来了。

爷爷向来喜欢书法，一直崇拜黄庭坚。他指着前面峭壁处说："你瞧，那是黄山谷的手迹。"黄庭坚，号山谷道人。"钓矶"二字就刻在悬崖的中间，父亲侧着头，看得有些眼花缭乱。

那时的父亲毕竟还是个孩子，走那么久的路都没有喝一口水，中午只吃了两个馒头。这时他脸色发白，全身冒着豆大的汗。他已经无力气站起来了。奇怪的是，爷爷说的话，他却记得很清楚。

也就是从那时，父亲知道黄庭坚是个了不起的人物。

爷爷又指着旁边的河说，那就是明月湾，那里还有两口泉井，便是有着鼎鼎大名的"双井"。传闻过去两口井中，一口是甜水井，一口是苦水井，黄庭坚小时在河边玩耍，一石能同时击起两口井的水花。

在双井明月湾北岸的山崖巨石上，阴刻着"双井"二字，属于行书。面积2平方米，字径34厘米，字体中宫敛结、纵放横逸、取势飞动，如荡桨、如撑舟，雄健豪放，气宇轩昂。据史料考证，此作品系崇宁元年（1102）二月，黄庭坚自湖北经幕阜山归江西，在家作短暂停留时创作，以表对故土的眷恋。石刻原位于山腰，因道路改造路基抬高，现道路与摩崖石刻处于水平位置。

爷爷说，黄庭坚是个罕见的奇才，七岁时写下了《牧童诗》。《桐江诗话》有记载，《牧童诗》为皇祐三年（1051）所创作。

书里是这样记载的：有一天，黄庭坚父亲黄庶邀请几位诗友一起在家饮酒吟诗。其中一位说："久闻令郎少年聪慧，何不让他也来吟一首！"这时，黄庭坚想起了吹笛子的小牧童，便以牧童为题，作诗一首。这首诗，现今刻在双井村黄庭坚故居内。

暮色缓缓降临，附近有门窗里透着光。爷爷这才发现父亲脸色不对，开始着急起来，匆忙去附近的村民家中讨水喝，热心的村民送给爷爷半葫芦茶，父亲喝过爷爷讨来的半葫芦茶后顿感身心舒畅，夜晚赶到县城歇息居然在睡梦中背出了黄庭坚的《牧童诗》。爷爷听着父亲脱口背出的诗，十分惊奇。后来父亲受黄庭坚的影响，也爱上了书法，一边在乡间小学教书，一边临摹黄庭坚的字迹，成了乡间最为活跃的读书人。

黄庭坚与苏东坡之间的友谊，绝非是一杯茶那么简单。在黄庭坚赠苏东坡的诗文中可见，茶中所储蓄着的生活情趣、人生品质，是芜浮芜杂的。"我家江南摘云腴，落硙霏霏雪不如。为公唤起黄州梦，独载扁舟向五湖。"时至现在，我们依然能够从中闻到茶的香气。

很难说清楚，修水这个双井村有着怎样的风水。修河的分支源头，从上游布甲途经溪口，便进入了杭口镇的双井村。据史料记载，仅宋朝双井村黄氏家族就出了四十八位进士，其中四人官至尚书，双井村也因此被称为"华夏进士第一村"。

如今，茶已经成了修水人的挂念。他们在品茶时，不忘翻出一些古人的诗来读，在诗中体会茶的淡泊，在茶中体会着诗人的友谊。茶便在日子中，更有诗意，更有韵味了。

在南山崖脚下，修河南岸的黄庭坚纪念馆内，黄庭坚与苏东坡端着茶杯，像是在述说着遥远的往事。月光溶溶地从天井照射下来，落在不算大的院子内。两个爱茶的人，席地而坐，桌子上摆放着茶壶，在月光下，茶杯发出空灵的响声。喝完茶，茶壶空了，杯静静地放在那里，是等待，也是回味。

我想，于茶中互通心曲的黄庭坚和苏轼一定会惺惺相惜吧？

黄龙茶事

黄龙禅寺位于湘、鄂、赣三省交界的幕阜山东麓，修水县西北区黄龙村境内，宋代为江南佛教四大丛林之一，是中国佛教禅宗黄龙宗发源地，举世闻名。

黄龙禅寺由青原玄泉彦禅师之徒超慧于唐乾宁二年创建，至今已有1100多年历史。寺址由"风水之祖"司马头陀亲自勘定，故僧侣云集，宗风远振。超慧禅师降伏吕洞宾为侍客童子，声名鹊起，有"法窟"之称。唐、宋曾三次，即光化二年（899）、元祐元年（904）、祥符八年（1015），旌表超慧和黄龙寺为"黄龙大德祖师""黄龙祖师"与"崇恩黄龙禅院"，故有"三敕崇恩禅院"之称。

宋英宗治平二年（1065），洪州太守程公孟敦请临济名僧慧南入主，创立黄龙宗，开看话禅之先河，赢得"三关陷虎，坐断十方"之美名，名动天下，声振丛林，被奉为一代宗主、黄龙祖师。至今存有众多历史遗迹，如遍布寺周的舍利塔及摩崖石刻。

黄龙寺为历代文人骚客所咏颂，亦有珍稀手迹传世而存。皈依黄龙宗的居士如苏轼、黄庭坚、张商英、徐禧等一大批文人士大夫，以及曾经宦游修水的文人曾巩、陆游等，都为黄龙寺写过诗篇文章。

缘分颇深，慧南禅师，黄龙宗的开山祖师，他就曾以"人人尽有生缘，上座生缘在何处了？""我手何似佛手了？""我脚何似驴脚了？"这三个牛头不对马嘴的提问，标榜为"黄龙三关"，而且"三十余年，示此三问"，借以"接引"僧众。

黄龙宗的开山祖师慧南禅师，在郑重地总结"三关"的"自颂诗"中，特别地突出了"赵州茶"。

据《五灯会元》载："师自颂曰：'生缘有语人皆识，水母何曾离得虾。但见日头东畔上，谁能更吃赵州茶。'"

上堂，举赵州问僧："向甚处去？"曰："摘茶去。"州曰："闲。"师曰："道着不着、何处摸索、背后龙鳞、面向驴脚、翻身筋斗、孤云

野鹤。阿呵呵。"(《正法眼藏》卷三[下]、《续传灯录》卷第十五)

无尽禅意赵州茶。茶文化,禅文化,融成茶禅文化,是我中华民族对世界文明的一大贡献。修水茶文化融入黄龙禅宗得追溯到北宋时期。黄庭坚早年曾到黄龙山游观、学道,将双井绿茶赠至助修。母亲去世后,黄庭坚又在黄龙山搭建茅棚为其母守孝三年,其间与黄龙高僧结了深厚的缘分,与悟新禅师秉烛夜游,与祖心禅师彻夜畅谈,与灵源祖师交往密切,悟出了许多佛学奥妙。著名典故"闻木樨香否",说的就是黄庭坚在祖心晦堂禅师座下悟道的故事。

哲宗即位后,召黄庭坚为校书郎、《神宗实录》检讨官。过了一年,升为著作佐郎,加集贤校理。《神宗实录》修成后,提拔为起居舍人。遭母丧。黄庭坚性情至孝,母亲病了一年,他日夜察看颜色,衣不解带,及死,筑室于墓旁守孝,哀伤成疾几乎丧命。黄庭坚在黄龙守孝期间,武宁知县吕晋夫到黄龙访黄庭坚,黄庭坚以双井绿茶待客。

"这茶品质味美,产地在哪?"吕晋夫问。

"这是双井绿茶,来自我家双井村。"黄庭坚说。

黄庭坚见吕晋夫喜爱"双井绿",便将从双井带来自己品用的茶赠送四瓶给吕晋夫,并赋文作为纪念。

《赠武宁知县吕晋夫双井茶帖》(黄庭坚):双井四瓶,皆今年极嫩者,又玉沙芽一斤,以调护白芽,然此品自佳气味,但未得过梅,香色味皆全尔,公着意兹,想不可欺也。

吕晋夫读罢,大加赞赏,并询问栽种和制茶技术,希望能将双井绿茶苗移至武宁。为感谢黄庭坚,人们将移栽至武宁的"双井绿"重新取名为"黄龙茶"。

"黄龙茶"在武宁生根发芽,慢慢扩大,后来,武宁也成了江西的著名茶产区。

江西师范大学研究员戴逢红专注研究黄龙禅宗，在查阅大量的史料后，他认为，双井绿茶应该是修水最先传播到其他地方的品种，除了传到武宁的"黄龙茶"外，还传播到了铜鼓。当然传得最远的是日本，黄龙不仅是禅宗的发源地，也是茶叶的祖宗地。

《黄龙简史》记载："日僧荣西为黄龙九世，其世系为：黄龙慧南——晦堂祖心——灵源惟清——长灵守卓——无示介谌——心闻昙贲——雪俺从瑾——虚俺怀敞——明俺荣西。"

"明俺荣西从中国回日本后，不仅将佛法带回了日本，还将茶叶带回了日本。"戴逢红说。

荣西自幼随父学佛，14岁出家，通晓天台和密宗。1168年，荣西来到明州（今宁波），参谒天台、育王、天童等禅宗名刹。

日本早在奈良时期就引进了茶叶，但饮茶之风并不盛行，直到1168年，荣西第一次入宋回国时，将中国茶籽带回日本，首先在肥前（今佐贺县）的背振山上进行试种，发现那里非常适合茶树生长，所制的岩上茶闻名日本。1207年栂尾的明惠上人高辨来向荣西问禅。荣西请他喝茶，并告之饮茶有遣困、消食、快心、提神、舒气之功，还赠给他茶种。高辨于是就在栂尾山种植茶树，栂尾山出产珍贵的本茶，成为日本著名的产茶地，而后世有名的产茶地如宇治等地的茶种大多是从栂尾移植的。1191年荣西第二次入宋回国时，得虚俺怀敞印可，继承黄龙宗的禅法。次年，荣西将他所著《吃茶养生记》一书献给幕府，这是日本第一部茶书。该书一开始就写道："茶也，养生之仙药也，延龄之妙术也。山谷生之，其地神灵也。人伦采之，其人长命也。天竺唐土同贵重之，我朝日本曾嗜爱矣，古今奇特仙药也，不可不摘。"该书引文大多引自宋代《太平御览》等书。荣西提倡饮茶的动机，主要是为了养生、延寿和修禅。他指出修禅有三大障碍，首先就是瞌睡，而饮茶恰有"散蒙醒睡"的作用，有益于坐禅。因此饮茶风气先是在禅僧中盛行，然后才普及世俗社会。随着茶树栽培的普及，饮茶成为日本广大民众的习俗。荣西在书中介绍了茶的功能、种类，茶具，以及采茶、制茶、点茶的方法，奠定了日本茶道的基础。荣西的茶道理论后来被室町时代的村田珠光、武野沼鸥等人继承发扬，战国时代的千利休又进一步把茶道平民化，创立了草庵茶道，使这种文化普及城乡平民百姓，追求和敬清寂，陶冶性情，成为日本各界喜爱的修养和社交的形式。虽然没有直接证据，说明日本茶与"黄龙茶"的关系，但可以肯定的是荣西品鉴过"黄龙茶"。因为黄龙禅寺一直沿用的是"黄龙茶"，也就是今天的修水名茶"双井绿"。

荣西借鉴宋代禅宗建筑样式，在镰仓修建寿福寺，在京都兴建建仁寺，把中国禅宗寺院的建筑风格带到了日本。

荣西还传播中国的书法艺术，他主攻宋代书法家黄庭坚的书法，笔力挺劲，简练有致，与其弟子明全、道元等形成黄体书法流派，一扫日本书坛的沉闷空气，被人尊称为日本黄龙的创始人，奉为日本禅宗之祖、日本的茶祖。

在进入黄龙寺前两公里下马石处的公路旁一块巨石上"黄龙山"三字映入眼帘，震撼人心。苍劲端庄灵秀的"黄龙山"三字相传为黄庭坚所书。楷体，从右至左阴刻于石上，字直径为85厘米。其中"黄"字与"龙山"两字有一条石缝。

雄壮飘逸的"灵源"二字，行书阴刻于黄龙寺前灵源桥头左侧三角形巨石上，"灵"于左，下部分掩没土中，"源"于右，比"灵"字稍小。

黄庭坚晚年自巴陵略平江临湘入通城，无日不雨，至黄龙谒清禅师继而晚晴，邂逅禅客戴道，作长句呈道纯诗句中有灵源两字。

踏上灵源桥，目睹"灵源"两字，黄庭坚不禁怆然泪下，思绪万千，赋诗云："山行十日雨沾衣，幕阜峰前对落晖。野水自添田水满，晴鸠却唤雨鸠归。灵源大士人天眼，双塔老师诸佛机。白发苍颜重到此，问君还是昔人非。"山谷老人赋诗表达了对授法恩师祖心和师祖慧南的尊敬钦佩，对已谢世的灵源惟清怀念之情跃然诗中。

2019年12月1日，黄龙宗祖庭黄龙禅寺联合"茗悦天下"推出本次"黄龙茶事"，体现出禅意、茶艺和礼仪的完美融合，包括击茶鼓、张茶榜、唱黄龙茶偈、点茶敬佛、说偈开示、行盏分茶、谢茶退堂等多道仪式程序。一百多位来自国内和日本的茶人，在修水参加完"爱心·山樱野红品鉴会"后，来到了黄龙宗祖庭黄龙禅寺，泡"佛手茶"，闯黄龙关。

大山深处有人家

竹塅以盛产楠竹而得名，村庄四周漫山遍野幽篁。丛丛修竹与参天古木相映成趣，响水流泉缭绕其间。村落正中，垄垄梯田参差错落，茶叶繁茂，屋宇农舍，桑麻鸡犬，绿树掩映。

谁能知道，这个藏在绿色深处的寂静小山村，就是鼎鼎大名的文化大师陈寅恪的故居啊！

陈寅恪家族贤杰满门，或以文章著，或以功名显，或以德孝昭。

陈家大屋坐落在竹塅村的上竹塅。这是整个竹塅引以为豪的一栋老屋。竹塅分为上竹塅和下竹塅。陈家大屋就坐落在上竹塅，背靠青山，面临茶园和流水。当你站在陈家大屋的门口，放眼望去，你会被这一奇特的地形所震撼，不得不承认这是一块厚重的文化圣土。

乾隆五十八年（1793），陈寅恪的高祖父陈克绳来到这里，开山劈石建了一栋"陈家大屋"。他是一个农民,耕作之余不忘读书。他对《易经》颇有了解,选定在这里落户必定有他的用意。后来当地风水先生说:陈家大屋占了绝妙的一方水土,背倚大山,门对"三合河",这叫后涌龙脉靠山,前纳八方鸿运。估计当时陈克绳就是发现了这里面的玄机,才煞费苦心在这里建起了"陈家大屋"。

陈家大屋为典型的江南祠堂式居民建筑,老屋一进两重,中间是天井,天井两侧分别是客房和官厅。陈家大屋古雅气派,虽历经了时代的沧桑,当年的气韵依然依稀可见。风火墙、梁柱、门楼、雕饰、格局……就如星汉灿烂的中国文化熠熠生辉。

陈氏祖先将祖屋命名为"凤竹堂",取古代神话传说中"凤非梧桐不栖,非竹实不食;凤有仁德之征,竹有君子之节"的含义,希冀陈氏子孙仰凤凰之高风,慕劲竹之亮节。陈家后人没有枉费陈克绳的苦心,奋发图强,他们个个出类拔萃,都取得了骄人的成就。

在陈家大屋门前两侧的场地上,竖立着一对旗杆石和一对旗杆墩。旗杆石和旗杆墩是当地上好的麻石堆砌而成的,历经百年的风雨洗礼依然如故。旗杆石是陈寅恪的祖父陈宝箴中举时用两块硕大的紫红麻石头相对竖立起来的,顶部正中皆凿有竖立旗杆用的圆孔。旗杆石上刻着"清咸丰年辛亥陈宝箴中举竖";旗杆墩是陈寅恪的父亲陈三立中进士时竖立的,正面刻着"光绪己丑年主政陈三立"一行大字。陈宝箴和陈三立父子二人皆在祖屋大门前的场地上竖起大旗,酣畅淋漓地抒发了家族向往文化功名的豪壮。

离陈家大屋不远处,有一块叫"四角圫"的山涧平地。同治元年(1862)秋,陈宝箴在这里建了一座读书楼,名曰"四觉草堂"。"四觉草堂"背倚弥王峰,两层砖木结构,二楼悬有游廊,前有围墙门楼,门首刻有"四觉草堂"横匾。"四觉草堂"门前场地上,左边有洗砚池,池前是石头垒就的假山，旁边树立着一块碑刻，上面写着"界石"二字。

时过境迁，斯人已去，草堂早毁。只有生活在这里的人们还在津津乐道地讲述陈宝箴在草堂办私塾的情形，私塾里曾培育出了"竹塅三举"的陈三立、徐家干、涂承轨。一个普通不过的"草堂"，培养出了三个影响中外的举人，这不得不让世人称奇。

陈氏家风严谨为人厚德，一直被后人传为美谈。光绪十二年（1886），陈宝箴回乡探亲，为造福桑梓，捐田50亩在陈家大屋前方的半山腰建立了一所义学，免费延纳贫寒子弟入学就读。后人不忘陈宝箴的义举，一直把这一带山地称为"义学里"。站在"义学里"静听，山涧会有琅琅读书声传来。

据陈氏后代欧阳国太介绍说，陈宝箴在担任湖南巡抚后曾给家人留下遗训，陈氏后人当做到六字：不治产，不问政。陈宝箴留下遗训想必是被迫无奈，他在政坛上风吹雨打吃尽苦头。在清末光怪陆离的官场上，陈宝箴的宦海生涯堪称奇特。他领导的"湖南新政"，真正赋予戊戌变法实际内容，人们把当时的湖南比作日本幕末明治维新时期的萨摩和长州。因推荐戊戌六君子之刘光第、杨锐而获罪"革职永不叙用"。不仅如此，据修水作家叶绍荣《陈寅恪家世》（中国文史出版社2009年）记载：光绪二十六年六月二十六日（1900年7月22日），一个燥热烦闷的下午。如火的骄阳肆意地烘烤着大地，就连树上也没有一丝风儿吹过。突然从巡抚衙门前方传来一阵急促的马蹄声，旋即，只见一彪人马疾若流星，从巡抚衙门内卷出。他们此次是执行一项特殊的使命，受慈禧太后旨意赐死陈宝箴。一代封疆大吏就这样带着对未竟事业的惆怅，带着对尘世的依恋和对国家前途命运的忧虑，撒手离开了这个让他爱且恨的世界。

陈宝箴死后，陈三立悲痛之状超出常人，写下了《崝庐哀诗》数篇，哀叹"无何昊天示凶灾，坐使孤儿仆且叫"。可见陈宝箴的死给陈三立的心灵创伤是巨大的，那种痛苦让他无处可逃。

陈氏后裔将祖先的遗训谨记于心并传为家风。自陈宝箴之后，陈氏后裔再无一人治产为官。陈三立中进士后，虽授史部主事，但未尝一日为官。陈氏后裔在各自的文化领域取得了巨大的成就，除各自的天赋、意志、毅力、机遇、家学传承等智力和非智力因素外，家族文化所特有的人文精神和文化基因，也孕育了这个贤杰满门的文化型大家族。翻开新编《辞海》"陈"字条内，陈宝箴、陈三立、陈衡恪、陈寅恪祖孙三代四人赫然分立条目，一家三代四人获得如此大的成就，翻遍《辞海》仅此一家。

竹塅人以陈家大屋为荣，尽管没有人见过陈氏先贤，但对他们的成就与风范，一直崇敬颂扬。村中无论男女皆能如数家珍地说先贤的事业与名望，能指出陈氏的坟茔，都能够说出先贤的传说掌故，诸如"陈宝箴是天上的文曲星下凡""陈三立在城门口对对子气死老学究""齐白石拜师陈衡恪""陈寅恪读书一目十行，过目不忘"……

1998年谷雨时节，一年一度的江西诗坛盛会——"江西省谷雨诗会"在修水举行。各路诗坛高手云集修水，在前往竹塅拜谒陈家大屋时，几位诗人看了陈氏后代欧阳国太贴在墙壁上的诗文后连连惊呼："嗬——发现了一位诗人。""流水小桥底，松间竹外墙。客家风俗厚，白屋墨传香。"江西师大文学院博士生导师、著名诗评家陈良运读了他的诗后当即在他的本子上写道："深山远村，农民诗人。诗句纯朴，文士难能。"这位赤着双脚沾着泥巴的农民，却以其独特的生命体验和艺术追求，完成了山外诗人们也许终生难以逾越的艺术蜕变。

2010年江西省政府拨款修通了由县城往陈家大屋的水泥公路，将陈家大屋修葺一新，并在"凤竹堂"的正中间重新挂上了"一门四杰"的画像。修水县政府也在新开发的良塘新区建起了"陈寅恪纪念馆"，将记载着陈氏先贤的那本蜡黄的《义门陈氏宗谱》雕刻在了馆内。

竹塅那些久远的故事都已被历史的浪潮淹没了，陈宝箴家族恰似一座巍峨的丰碑，高高地耸立在星汉灿烂的中国文化的历史长廊里；又如一道夺目的光芒，熠熠生辉地划过人类文明璀璨的星空。

《天下香》的由来

罗坤化在宁红茶扬名年间，著名的茶乡漫江流传着许多与茶有关的爱情故事。其中《天下香》一直被后人视为最美丽的爱情。

在杜市上街，有个颇有名气的财主叫朱蔚如，他的二女儿朱金秀在朱家几个孩子中翩然伫立，唇红齿白，眉目清秀。一身漂白长衫，外套一件隐纹万字黑缎背心，外面别出心裁地披一件黑色丝绒披风。一根辫子又黑又亮，晃晃悠悠不时摆动。

朱蔚如一直想为她找个门当户对的婆家，可朱金秀不愿意享受荣华富贵，却对同乡的贫苦青年徐水东一见倾心。徐水东是个孤儿，他是罗坤化救济长大的。很小的时候在厚德隆茶庄当下手，罗坤化见他年纪小，不让他干重活，一心让他观摩制茶技术，打算培养他为厚德隆茶庄未来的掌门人。

朱金秀经常来茶庄串门，给徐水东留下了深刻的印象。一来二往，两人性格相投，海誓山盟，私下订了终身。可当时讲究的是"门当户对"。

徐水东立在朱金秀旁边，朱金秀比他略高一些，眉清目秀，肤色略黑，越发显得一口白牙。那略仰的下巴，给人一种傲慢的感觉。

第二章　此处茶汤养精神

徐水东 18 岁那年托人向朱家求婚，结果被朱家扫地出门。"不看你是什么货色？"朱家不仅不同意这门婚事，反而与朱金秀的舅舅暗中策划，一面用银两贿赂勾结官府，给徐水东无故定罪投监；一面诱逼朱金秀另嫁邻乡复原地方钟姓公子。朱金秀据理抗婚，并与母舅周旋，说只要同意保出徐水东，自己愿意嫁去复原。如果不同意，她就割腕自尽。哪知，徐水东出狱之日，正是朱金秀逼嫁之时。可朱财主依然不甘心，想在迎亲时再次陷害徐水东。让他万万没想到的是，他的计谋再次被朱金秀识破。迎亲的时候，两人巧遇于漫江河边渡口，为履行誓言，俩人双双跳河自尽了。

那年春天，罗坤化把精制的一百五十箱"宁红太子茶"装船后直抵武汉，和巴诺夫一道把这批上好的红茶送往俄国，"万里茶道"路远迢迢，一来一往就是大半年。出门前，他再三叮嘱徐水东，朱家的事情急不得，待他回来备厚礼上门说通朱财主，必定会让他动摇。可徐水东不想让罗坤化破费钱财，并没有告诉朱财主罗坤化的计划。

那年秋天，罗坤化的脚刚踏进漫江，就听见乡民们惋惜同情的悲鸣声，一对鸳鸯去了天堂。

罗坤化顿时吓得面无人色，便找来在朱家教书 10 余年的老秀才，了解其中底细。老秀才耳闻目睹二小姐的悲惨遭遇，内心难以平静。他知道二小姐生性刚烈，可她内心却非常善良，而且懂得公平正义。痛惜之余，老秀才便约来本乡民间艺人何瞎子，共同编了一首具有修水民歌特色的长篇叙事山歌，把这对男女青年生死相恋的悲情故事描写得催人泪下。唱本一出，人们竟相传抄。

老秀才找到罗坤化，想借宁红茶的名声，利用宁红茶畅销国内外的有利条件，将唱本装进茶箱，运发各地，但被罗坤化拒绝。罗坤化深知，无论如何都没法挽救这对鸳鸯的性命，他是想得饶人处且饶人。可是朱财主不仅没有感恩于他,反而上门向他索赔,说朱金秀跳河自尽,他是背后的主谋。"滚,你现在就跟我滚出去。不过,你要记住,你迟早会为你的罪恶埋单的。"罗坤化一气之下,支持了老秀才,并将唱本取名《天下香》,装进了宁红茶箱,唱本很快就天南地北地广为传扬了。

《天下香》唱本一经传扬,把朱财主的所谓"家丑"和州官受贿的丑闻,公之于众,搅得他们惶惶不可终日。宁红茶和《天下香》却受到了热捧。

那时漫江茶商居多,官府也无从入手,根本不知道唱本流传的渠道。官府只好发下公文,令朱财主不惜代价,火速收买《天下香》唱本,就地销毁,不得违抗。朱财主不敢怠慢,立即贴出告示:"《天下香》唱本伤风败俗,不可传诵,本人愿收回销毁,以正家风。"起初,无人理睬,之后,朱财主家人鸣锣告白,才有几个胆子大的乡民带着唱本,挑着箩筐前去试探。朱财主令家人立即量谷兑换,并请众乡民相互转告,当场兑换,决不刁难。此后,朱家庄园门庭若市,以唱本兑粮者络绎不绝,热闹非凡。朱财主怕乡民弄虚作假,特请来老秀才监验,老秀才心向乡民,当众人面故意提高嗓音说:"不错,不错,唱本抄得有头有尾啊!"暗示乡民只抄一头一尾就行。如此不到一年,积谷万石的朱财主,已成了破落户。

《天下香》这个故事,的确是个人间悲剧,也给漫江蒙上了一层怪异的色彩,本来对于一对年轻人来说爱情是多么幸福。然而却因为贫贱,一对相爱的人视死如归。

让人想不到的是,朱财主成为破落户后,罗坤化将他收在门下,教会他做茶叶营生。

河水静悄悄地流着,星群又从天而降,簇拥着这对飘摇的灵魂,护佑着他们，两岸的灌木丛中有夜莺在歌唱。

宁河戏是江西省的重要地方戏曲。1927年，湘赣边界爆发秋收起义。宁河戏艺人纷纷参加各级苏维埃化装讲演团，活跃在湘鄂赣苏区。宁河戏得以复兴，成为革命武器。1945年抗战胜利后，一个由县城西摆、万坊街业余剧团合二为一的修水县青年剧社成立，即宁河戏剧团之前身。中华人民共和国成立后，党和政府对宁河戏倍加重视与扶持，成立了地方国营宁河戏剧团，与此同时，又着手对传统剧目、音乐和表演艺术进行挖掘、整理、革新，业余剧团亦如雨后春笋，遍布全县农村。

宁河戏剧目众多，现有目可查者，已有四百多种，都具有较强的思想性。解放后，挖掘记录了传统剧目二百六十多种，鉴定出好的和比较好的二百四十多种，演出了一百一十多种。整理了《秦琼表功》《林冲夜奔》《采桑逼封》等一批优秀传统剧目。《天下香》一直作为宁河戏曲里的主要剧目传唱至今。

沧笙踏歌　静水深流

村庄有点深。从修水县城出发，大约有50公里的路程。两旁傲然挺立着白杨，一到春天便山色葱茏。

回坑是修水县新湾乡的一个村，有点土气，是根据地形取名的。四面是连绵的山，村庄坐落在山脚下。一条并不宽阔的水泥路，从村里通向村外。

近年来，随着"江南第一作家村"的扬名，"回坑"这个山旮旯里的村子，也逐渐走进人们的视野。

回坑只是个瑟缩的角落，一个被包裹着的山脚，位于赣北幕阜山的低处。抬眼望去，嵯峨峭拔，森林资源繁茂，是人和自然共处的净地。

一个村庄要发展，需要千方百计想方法。一个这样的旮旯，要想引得凤凰来，几乎是白日做梦。但现实往往是从梦想开始的，有了想象，梦想就不太遥远。

也许是机缘，冥冥中，我与回坑有了缘分。2015年，我的好朋友熊银春，从大桥镇调往新湾乡担任党委委员，两年后被提拔为新湾乡乡长。她也是名文学青年，对文学有特别的情感。她刚从学校毕业时，购买过我的两本书，向我提出过一些文学的问题。一来二去，我和熊银春便熟识了，并且有着较为密切的往来。

那时我们都很年轻，年轻必有热情，许多梦想等着生根发芽。我们想是不是可以建个作家村，这可是个远大的设想。我提出这个想法后，她爽快地答应了下来。那一年，我们都在筹备着建作家村的事宜。

回坑的地理位置特别，与陶渊明笔下的"世外桃源"极其相似。一些旧式的建筑独具风采，比如绣花楼、廊桥、龙王阁、古泉井等。除了有着几百年的历史外，建筑本身就有着丰富的魅力。"我经常会来这里，如果在这儿建个作家村，将来作家村便也是历史了。"调入新湾乡工作后，熊银春便爱上了这个地方。历史是这么保存下来的，她也希望新的历史照样可以诞生，而且能成为回坑珍贵的文化产物。

村庄本身是有文化的，如何在这个基础上，把这些文化归纳起来形成气候，让回坑成为世人瞩目的地方，这成了熊银春深思的问题。

来之前，我就想着绣花楼的浪漫，当地作家樊健军写过一篇《浪漫到一栋楼的高度》，把绣花楼里的"现实"描绘得栩栩如生。但是，无论怎么写，村里的人都不懂得浪漫，反而更愿意接近"现实"，总会在现实中想象着未来的日子。来过村里的人，他们仰望历史时，目光里有着羡慕，也有着挑剔。在他们看来，风景是画意，越极致越好。

我站在高处，观察着回坑的地貌。右侧伴着回坑村山脚流过的溪流，源头来自修水县境内的布甲乡画湾村。这是一处风光秀美、景色怡人的村庄。村庄到处生长着茶树，漫山遍野的金银花、白花茶、杜鹃花，香气弥漫。山上遍布着板栗树，成熟的板栗从树上掉下来，暗红色的栗皮在地上滚过，捡起来用嘴去嗑，是人世间难得的果仁。每天清晨，都有一群老鼠从不同方位潜入林莽，捡拾，嘴边沾着泥土，笑逐颜开。相传，宋代著名诗人、书法大家黄庭坚在画湾村传道授业，留下了"蛤蟆不叫念书台，黄雀不跳画湾地"的美丽传说。溪流从回坑村静静地流过，并打上了"文艺"的标签。溪流的水常年清澈见底。

20世纪80年代初期，溪流途经的溪口区出现了一批文学青年。以溪口区的老师为首的青年文学爱好者，发起并成立了溪流诗社。溪流诗社有过它的辉煌，1980年溪流诗社成立后，编印《溪流》在当地发行。每期报纸出版后，邮寄至中国作协、江西省文联等机构。1981年中国作协副主席艾青为其题写"溪流"，现在出版的《溪流》沿用着艾青的题字。溪流诗社浩浩汤汤地汇入了修河，高峰时期社员达1500多人，遍及香港、澳门以及海外。1997年，溪流诗社编印了首部《溪流诗词选》，时任江西省人民政府副省长为诗词选题写书名。在布满尘土的旧书堆里，数着过往的日子，读着诸多离愁的诗词，感受年复一年散落于世间光阴阡陌的伟大。

一条河流的野心，仿佛是从天上来。在回坑作家村，便能听见水流过卵石，哗哗哗地响着，像鸟儿鸣叫。尽管看不见河流动态，但感觉离村子特别的近。可能在很早的时候，这里便是与祖先共同饮水的地方。其实，在这柔情似水的江南，在文人的骨子与血脉里，还有一种彪悍的、刚强的、充满血性的天性。在溪流诗社成长起来的诗人，生命的触角和渊源可以从一个小村庄向历史深处延伸得很远很长。他们的作品遍布全国各级刊物，有些还获得了《诗刊》《绿风》《星星》等重要诗歌刊物的奖励。想想，这是一种怎样的思绪和感慨？

我永远忘不了，2016年5月28日。这是回坑村值得纪念的日子，村部的门楼上高挂着红红的灯笼特别喜庆。定名为"九江市作家协会回坑作家村"的牌子挂在了村部的门口。九江市文联副调研员、九江市作家协会主席蔡勋，新湾乡党委书记杨国和共同为"九江市作家协会回坑作家村"揭牌。这意味着江南地区第一个作家村正式揭牌成立，并被媒体称为"江南第一作家村"。中国文联艺术网，对此进行了专题报道。从此，江南的地理版图上有了一个叫"回坑作家村"的村落。有孩子奔到村部的山丘上来看，眼神里隐藏着莫大的慰藉。

"来到回坑让我感到亲切，廊桥像是在梦里见过，绣花楼也让人产生奇想，宁红茶也是我喜欢的。"中国作协会员、浏阳市文联副主席彭晓玲说。彭晓玲是来回坑作家村最多的作家，几乎每年都会来一次。在回坑作家村，她先后创作出了《空巢——乡村留守老人生活现状启示录》《谭嗣同》等重要作品。"回坑的确是个值得多来的地方，因为这里不仅有黄庭坚、陈寅恪，而且文风鼎盛，人杰地灵。"著名诗人、中国诗歌流派网总编韩庆成说。为什么一个山旮旯的角落会令人感到安心适意呢？大概因为，放置在我们身体内的那些情感容器，恰好就行，无须太大。

修水这块土地，是有仙气的。越朝深处走，你就会觉得历史越深。在村庄的每个角落都流传着爱情故事，这些故事只是现在没有人能讲得出来。

在这里创作不仅可以体验农家生活，种田种地，甚至还可以在这里落户。回坑村委将村口的山包规划为"作家林"，每位来村的作家栽种一棵红豆杉，并以作家本人名字命名，让灵魂更加地饱满，更加地完善。

为什么修水出文人、出作家呢？这对于修水人来说，不算是个秘密。修水自古人杰地灵。翻开《江西历代作家作品选》（江西人民出版社1998年版），北宋的黄大临、黄庭坚，南宋的徐俯，元代的黄子行，近代的陈三立、徐奉世、陈衡恪、汪梅末等人分立条目。

修水这地方，虽然发展缓慢，但祥和而安宁。南山崖、旌阳山、凤凰山都是修水的名山。这里留下了太多文人的墨迹。修河两岸的濂山书院、凤巘书院、鳌峰书院等也是修水知名的学府。

我经常会站在南山崖下的修河畔，静默地看着修河水，看着渔船穿梭往来，仿佛看见了黄庭坚。此时的濂山书院内，诗人们围坐在月光下，借着夜空里的光，在吟诗作对。

文脉灌溉着修水，一个偏僻的江南小城，就这样文人辈出。改革开放以来，修水县文风涌动。至今，修水作家中已有中国作家协会会员12人，江西省作家协会会员40余人。有一大批作家在全国重点刊物抛头露脸，在《人民文学》《收获》《当代》《钟山》《上海文学》《中国作家》《青年文学》《北京文学·中篇小说月报》《小说选刊》等刊物发表了大量作品。

文学就像是贯穿修水县城的修河，源源不断，缓缓地静水深流。这在全国来说，可算得上是个奇迹。修水的作者，不甘于此，也不想就此止步，后浪推前浪，一些年轻的作者就如雨后春笋，花开在修河的岸边，争相绽放，美丽妖娆。

当然，修水的创作队伍非常庞大，文中所点到的只是部分代表。活跃在全国文坛的，修水至少有10余人，这其中不包括在省级文学刊物发表作品的30余人。未来修水文学，还会有新的奇迹。修水民间文学是不可忽视的，民间文学的活跃，是推动修水文坛的主力，像山谷诗社早已成为全国十大民间诗社之一，溪流文学社已成为培养青年文学的主要力量,九岭诗社、古艾诗社、三人行诗社、凤巘诗社等一直是民间文学的生力军。修水每年会举办"谷雨诗会""廊桥诗会"。诗会活动持续了30余年,每次都会高朋满座。这也是江西乃至全国少见的乡村文学现象。

20世纪80年代以《小镇上的将军》一举成名的江西文坛领袖、著名作家陈世旭曾经赞叹修水称,江西省的文学"半壁江山"在九江,九江的文学"半壁江山"在修水。这一说法暗藏着某种玄机,可以说修水文学是江西文学的代表。总之,正是因为这种文脉的延续,修水弥漫着浓郁的文学气质。

第三章　且将新火试新茶

"那时人们主要是种粮食，比如红薯、玉米、麦子。"吴东生皱着眉头说，这些产业的收入都不高。

茶叶本来是农民的一个致富产业，可那时宁红茶很不景气，外销濒临绝境，与19世纪中叶相比，全县每年只剩下7424担产量。

这对于当时的民国政府来说，何尝不是件火上浇油的事情？茶叶毕竟是修水的支柱产业，设法恢复茶叶的种植，改良茶叶品质，以此尽快增效增收，已成为政府官员的共识。

要想改良宁红茶，茶界首先想到的是吴觉农。吴觉农是何许人也？茶界是无人不知、无人不晓的。他不仅是著名的农学家、农业经济学家，现代茶叶事业复兴和发展的奠基人，还是中国知名的爱国民主人士和社会活动家。

"要是能请来吴先生，修水的茶叶必定能起死回生。"这是1932年冷日生说的，他当时是修水国民政府主席。

改良宁红茶是一项势在必行的任务。

冷日生与研究茶叶的相关人士商议后，决定前赴上海商品检验局拜访吴觉农。那时吴觉农是茶界独树一帜的人物，已在振兴茶叶经济，维护中国茶叶在国际市场上的声誉方面做了很多的工作。

冷日生见着吴觉农后，详细介绍了修水山区茶农的生活状况，宁红茶的历史和现状，并恳请吴觉农到修水改良宁红茶。吴觉农对宁红茶早有耳闻，而且正有创办茶叶试验场和茶叶改良场的想法，其目的不仅要禁止劣质茶叶出口，而且要全面提升茶叶质量，采取科学方法，从栽培、采摘、制造、贮藏等方面入手，改变因循守旧的手工生产方式。这个想法正与冷日生的诉求不谋而合。

1933年的春天，一个气候宜人的早晨。吴觉农悄悄地踏上了修水之行，这次他内心充满了许多的期待。刚跨进修水，他就被修水的绿水青山深深吸引了，深吸了口气，湿湿的，还带着甜味。他记得那一天，晶莹剔透的春雪还没有完全融化，大地上到处亮得晃眼。

"这可是个种茶的好地方。"吴觉农自言自语地说。他知道这次修水之行，必定是个漫长的旅程，可他一点都不觉得旅途的劳顿和孤独，相反内心特别充实和兴奋。

"吴觉农真的来了。"茶农们闻讯赶来，把他围得水泄不通。大家都想看看，这个传说中的"茶圣"长成啥样。吴觉农倒是觉得有点不好意思了。"大家不要这么看着我，我也是个茶农。"吴觉农说着，脸有些红，他是见过大世面的人，可没被这么多人围得水泄不通的啊，大家看他的眼神就像是见着了明星。茶农见状，只好把他让了出来。"种不出好茶，看我怎么收拾你们。"大家都喜笑颜开了，阳光闪烁在雪上，更加耀眼。

应该说，吴觉农是改良宁红茶的关键人物。

在修水县城郊刘家埠的一栋简易的两层楼内设立了办公室，修水茶叶改良所的牌子就挂在这里。这便是修水最早的茶叶改良场所，也是延续至今的修水县茶叶协会的办公地。

修水茶叶改良所成立后，吴觉农蜗居在改良所内，本来就偏僻的郊区，一到夜晚寂静无声。自从吴觉农来后，修城的居民一觉醒来后，还能看见修河对面一盏灯一直亮到天明。一些赶早的茶商在西摆上船时看到这一幕，便不得平静了。大家都在相互猜测着，吴觉农夜以继日，都在干些什么呢？细心的茶商发现，吴觉农可不是来和大家说笑的，除了刚来的那天和大家有说有笑，腼腆得像个孩子，其他的时候都特别严肃，他不问话，谁也不敢上前去搅乱他的思维。他满脑子里装着的都是宁红茶，哪个地方的气温高点，哪种茶叶早发芽，他心里都有数。这对于修水茶人来说，无疑是件惊人的事。大家以前听说过吴觉农的一些传说，这回算是眼见为实了。但还是有好奇的人想一探究竟，有人用望远镜朝里探，但还是看不清楚，他坐在桌子前，像是在凝思。到底是在干什么呢？后来还是有人冒险，半夜以送食物的名义敲开了他的门，不过好奇心很快就消失了，是茶叶让吴觉农如此痴迷。

不久后，从这个小屋子里传出了一个震惊茶界的论断。"宁红是历史上红茶的最早派系，早于祁红90年，先有宁红，后有祁红。"这个消息传出，自然有人不服，但吴觉农的论断绝不是空穴来风。

也就是在那栋简陋的屋子里，吴觉农一试再试，采摘精细，废弃了一些制茶方法，控制好发酵和烘干的过程，后来制作出来的宁红茶在上海茶市上一鸣惊人。

民国二十三年（1934），修水宁红茶开始走上复兴之路。修水知名的宁茶振植有限公司也就是在那个时候发展起来的，不到一年公司就发展了一千五百多亩茶园，招收茶叶工人及临时拣茶工3300余人，收购宁红茶区宁红毛茶精制加工，当年共加工宁红茶1.3179万担。修河运输非常便利，各处都有码头。加之国外茶价逐步提高，印度、锡兰、爪哇、苏门答腊等国家开始向中国购茶，宁红茶以其特有的品质，很快就占领了市场。

茶叶的丰收，让修水茶农看到了新的希望，十里八乡开始重新栽茶树，扩茶园。大家都在祈祷风调雨顺，希望来年茶叶有更好的收成。

对修水茶叶的情感，是吴觉农一生不能忘怀的。1934年，壮大宁红茶品牌后，安徽的祁红茶上门找到吴觉农，要求他帮助改良祁红茶。对于吴觉农而言，任何一个茶叶品牌都是中华的瑰宝，他决定前去安徽祁门，帮助祁红茶续写辉煌。

吴觉农离开修水时正值9月，修水已有了几分秋意。在这里的一年多时间里，吴觉农已与修水茶农打成一片。由来时的风趣笑谈，到后来的严谨，再到后来的建言，他在内心已默认了这个"第二故乡"。离别时，他欣然题写："宁州红茶誉满神州，努力革新永葆千秋。"至今，修水人民仍不忘吴觉农的恩情，将他题写的字镶嵌在茶博园的门口。

吴觉农到达安徽祁门改良祁红茶后，题写了"宁红祁红并称世界之首"。由此，"宁红祁红"成为世界公认的顶级名茶。民国二十五年（1936），宁红茶出口恢复到2万多担。

改良后，修水茶厂越来越多，由修水茶人方翰周主持试制的"明蕊"春茶，以每担120元在沪脱售，超过宁红茶顶盘15元。那时，宁红茶出现了百花齐放的局面。

就在宁红茶再次走向红茶的巅峰时，太平洋战争爆发了。"所有的出口都停歇了，这仗不知道打到什么时候！"茶农们仿佛听到了噼里啪啦的枪声。当然，对于茶人而言，茶叶滞销是小事，大家都期盼世界和平。打仗遭罪的还是民众，想着那些处于水深火热中的民众，茶业受阻又能算得了什么？也因此，宁红茶再次跌入低谷。

二战后，人们发现整个世界的茶业格局发生了很大的变化。南亚和东亚的茶业一夜间迅速发展，很快就蔓遍了宁红茶盛行的国家，而那时，宁红茶还处在调养期，没有恢复元气，不仅面积没有增加，相反产量大减，产品质量也是相当粗糙。这种现象一直延续到1949年，当时全县茶场面积仅剩余2.24万亩，出口茶叶仅7000余担。

"这应该是宁红茶史上最低迷的时候。"吴东生说。

1978年吴东生从婺源茶叶学校毕业后，一直在修水从事茶叶科学和研究与技术推广工作，获得过"九江科技进步一等奖""江西省农业科技战线突出贡献三等奖"。

"茶叶需要大的发展，光靠民间的力量显然是不够的，需要官方的主导和扶持。"吴东生说。中间由于种种原因，停滞了很长一段时间，茶叶一直没有得到发展。直到1949年，修水解放后，宁红茶才得到各级政府的高度重视。茶园面积逐年扩张，茶叶市场也在不断地扩大。

1951年，一个大好消息传来——苏联茶叶专家在外贸部、农业部、茶叶总公司领导的陪同下，即将考察中南茶区。这是一次推荐宁红茶的难得机会，茶农们都十分期待。

实地考察后，专家认为中南茶区产量多、品质优越、自然条件适宜，关键的问题还是缺乏人才。如何依托人才，通过科技手段实现高产优质，成为摆在政府面前迫切需要解决的问题。鉴于宁红茶颇负盛名，加之修水又是宁红茶主产区，修河南岸有江西省修水茶叶试验场、省立茶叶职业学校，生产加工科研条件优越，农业厅决定把中南茶叶训练班设在茶叶试验场内。

中南茶叶训练班首届学员98人，师资配备有毕业于复旦大学茶叶系的常震、复旦茶专的刘隆洋、日本帝国大学的胡贡珊、华中农学院的陈范一、省立茶叶职业学校的龙师苏及南昌的魏崇庆等14人。武汉大学毕业的石爽溪常驻茶叶训练班，担任辅导联络教学工作，行政上委托修水县委代管。训练班1952年下半年开学，1954年结束，没有寒暑假，教材按大专要求安排，学制两年，相当于一所茶业专科学校。学校坚持理论联系实际，除在校实验实习外，学员还先后赴上饶、婺源、祁门、长沙、安化、岳阳等著名茶区茶场学习。当时，著名的茶叶专家、湖南农学院的陈兴琰、朱先明老师，带着王威廉、王秀铿等学员到茶训班实习，陈兴琰还被聘为客座教授。当时全国培养中高级茶叶人才的学校只有上海、安徽、湖南、武汉等几所大学，人才稀缺，学员毕业后，成为青黄不接时期的重要力量。修水开设茶叶训练班在全国实属罕见，为中南茶业的发展做出了重要贡献。若干年后，业内人士把这届培训班誉为"中南茶魂"。

这个班对修水宁红茶的发展起到了很大的推动作用。当时宁红茶区仅两家茶厂经审批可以生产宁红工夫茶。一家是修水茶厂，唛头为"文"，加工整个宁红茶区除修水茶试站之外的所有宁红毛茶；另外一家是修水茶试站制茶厂，唛头为"水"，加工茶试站自产茶。因此，那时学员们长期活跃在茶厂。

1952年末，修水三都垦殖场（茶厂）成立，同年江西省修水茶叶试验站成立。修水的各个公社都在千方百计地筹建茶厂，目的是通过茶厂提高公社的财源。后来，陆续有20多个公社成立了茶厂，其中黄沙公社的茶厂生产的"眉峰云毫"被评为省级优质名茶。宁红茶厂不断地壮大，并进入省级工业企业行列，所生产的"宁红减肥茶"被评为全省名牌产品，这个产品红遍了大江南北，几乎家喻户晓。茶叶已成为县财政收入的主要来源和主要增长点之一，为县财政连续几年上台阶起了十分重要的作用。

1954年，省立茶叶职业学校在修水县茶叶试验场开办，这应该说是修水迎来的第二次办学。一所学校对一个地方，是有着深远的影响的，无论是在专业技术上，还是在传播文化上，都应该是非常重要的。

这批学员毕业后遍布湘、鄂、赣、闽、粤、桂、豫七个省，对我国茶叶发展有着积极的推动作用。这些学员对传播宁红茶精神，有着非常重要的意义。很多人以宁红茶为教材，编写教科书。

茶校教师陈范一负责教务、制茶学、茶树栽培，主持的宁红茶树栽培试验，被庄晚芳主编的《茶树生物学》引用，速成密植茶园取得满意成果，引起中国农科院茶叶研究所的重视。

1955 至 1956 年陈范一主持过宁红茶叶改良工作，这次改良使品牌整体有了明显的提升，达到了中华人民共和国成立后最高水平。1958 年，宁红茶出口苏联，首次出现超级宁红茶，经过中外专家鉴定，品质达到国际高级茶水平。所培植出来的"宁州种"被国家定为全国首批良种。

"宁州种"是茶种有性群体品种之一。植株灌木型，树姿半开展，树高 80～180 厘米，树幅 124～160 厘米，分枝较密，节间长 2～3.8 厘米，中叶类，叶呈椭圆形，上斜着生，钝尖，锯齿粗密适中，叶面隆起富有光泽，叶肉较厚而柔软，叶脉 8～12 对，叶缘有波状。中生种，茶芽密而肥壮，结实少，抗逆性强。

1970 年 4 月，那是特别热闹的一天。一批上海知青在农民广场集结，周围是水泄不通的看热闹的人。徐明华就是其中的一员。当时还闹出了不少的笑话，在分配乡镇的时候，很多人都抢着去"古市、何市"，意思是大小都是个市，比起其他乡镇都要好。到地头一看才知道，这两个"市"不如很多乡镇。徐明华不挑剔，于是分到了漫江乡。后来，他便成了寥寥无几的几个留在修水的知青之一。

徐明华不仅钟爱修水这块土地，还特别喜欢宁红茶。他曾扛着锄头下地，栽过茶树，也为茶园锄过草，春天还背着竹篓采摘过茶叶。应该说，他对宁红茶非常熟悉。

从 1970 年 4 月至 1994 年 5 月，徐明华在修水生活、工作了整整 24 年，他已经把修水当成了自己的第二故乡。

1984 年，徐明华担任修水县委常委、县委办公室主任，分管茶叶产业。从这时开始，他把手臂真正伸进了宁红茶的发展规划中。为了更好地摸清宁红茶的发展现状，他经常一个人悄悄地潜入茶厂讨教，往往是去了东家又去西家。那时领导下乡都会带着秘书之类，他却是轻车简从。后来，他被茶农称为"亲民书记"。

修水茶厂在漫长的历史中，充当了许多演变的角色。各种茶叶品牌在这里应运而生，茶叶品种得到有效的改良。也就是徐明华分管茶叶产业的这一年，"越海牌"宁红工夫茶首先获得部优质产品、省优质产品称号，紧接着又在全市率先荣获国家优质产品银牌称号，成为九江市第一块国家银牌。随后宁红特级工夫茶、宁红一级工夫茶、宁红二级工夫茶、宁红三级工夫茶、茉莉花茶被评为省优质产品或部优质产品。

"应该说，这是再次擦亮宁红茶的年份，能够取得这样的成绩实属不易。"吴东生说。

1985年，徐明华被提拔任修水县委副书记时，他已经与茶农打了20余年的交道。"茶是修水的主导产业，我得高度重视。"徐明华多次在全县的重要会议上强调。其实在发展宁红茶的过程中，有着太多的瓶颈制约。每一点滴的成功，都是来之不易的。对于徐明华来说，他看到了宁红茶人在不断地艰难进取。

1990年，徐明华担任修水县委书记。"只有千方百计地发展茶叶，增加茶农的收入，县域经济才能得到全面发展。"这一年，修水的茶园面积在过去的基础上增加了两倍多。

1998年4月，徐明华调离九江，去湖南任职。让他恋恋不舍的，还是修水这块魂牵梦绕的土地。修水的一草一木、一山一水，都与他有着深厚的感情。后来，他升任湖南省衡阳市委书记、湖南省副省长，直到退休时，他还习惯性地喝着修水的宁红茶。"宁红茶的味道，就是家乡的味道。"一个人为官，不论走得多远，在他心底始终牵挂着的是家乡的人民，宁红茶的兴盛，从某种意义上也反映出了人民的生活。每次与修水老乡通电话时，他总是问长问短，嘴里依然挂着宁红茶。

"中南茶魂"

"中南茶魂"是一个国家的命脉，也是一代茶人的命运。

1947年5月，由于行政规划的原因，江西婺源县划归安徽省管辖。当时面临着一些机构撤并和搬迁的问题，江西省婺源茶叶技术学校，这个以省级命名落户于婺源的茶叶专业学校，自然不会撤并，而是搬迁别处。

茶叶学校自然要考虑迁入茶叶大县。除了婺源外，修水是当时江西有着鼎鼎大名的茶叶县。在此之前，婺源的茶叶改良场已经迁入修水茶叶改良场，这给迁移茶叶学校创造了有利的条件。虽然很多县都在争取茶叶学校迁入，省里从实际考虑，还是首先迁入修水。当时兼任江西省婺源茶叶技术学校校长的方翰周，就是婺源茶叶改良场主任。"孙教务长，我建议茶叶学校一并迁往修水，咱们以最快的速度向上级做好汇报。"方翰周找到当时的教务长孙重珠，以一种半商量半决定的口吻说。孙重珠意识到这个问题的重要性，他一边做好预迁工作，一边向上级汇报。上级的意图很明确，只要学校申请，自然是听从校方的。修水由于是宁红茶的主产区，所以江西省婺源茶叶学校很快就顺利搬迁。

茶叶学校的迁入，对于茶人来说，无疑是提供了一个施展抱负的机会。一批年轻的茶叶学人，以"硕学荟萃"的学问催生着茶叶生长。

1949年，方翰周调中国茶叶公司任技术处长，校长由修水茶叶改良场场长刘希鹤兼任。这年恰逢解放，新中国刚刚成立，茶区的师生欢声雀跃，大胆地提出了大力发展茶叶的新思路。这批学员毕业后，全部分配到各茶区工作。一批茶叶技术骨干进入茶区，给茶叶的发展增添了强大的后劲。

那时的修水茶厂已是红遍茶界的国有企业。尤其是宁红茶跃跃欲试，给茶人带来了新的希望。

1950年1月，修水茶厂正式接管落户于修水的茶叶学校，并更名为中国茶叶总公司修水茶叶技术学校，依然是刘希鹤兼任校长。

应该说，这也是一个发展茶叶的新举措。修水茶叶技术学校挂靠在中国茶叶总公司的名下，这不仅使师资得到了较大的充实，而且学校的技术力量也是相当雄厚。应该说，这是当时中国茶界少见的一种管理模式。以至于1952年，担任校长的刘希鹤直接从修水调往了广州，担任中国茶叶总公司对外销售公司经理。后来的校长由鼎鼎大名的红军长征老干部刘克兼任，著名的茶人梁熹光、龙师苏担任副校长，一批在茶界颇具影响的专家如黄崇焘、樊日生、魏崇庆及茶叶改良场副场长刘隆祥等都是茶校的老师。学校形成了由初级班到高级班的办学模式，学生毕业后全部包分配。

1952年，婺源再次划归江西时，恢复了停办的婺源茶叶技术学校，一批教职工陆续回到婺源，修水茶叶技术学校因此停办。

也就是在这一年，由国家外贸部、农林部和中国茶叶总公司所办的湘、鄂、赣、粤、桂、豫六省设立的中南农林部茶叶技术干部培训班再次在修水开班。

有了这两次大规模的办学经历，1969年，修水县修水茶试站西村分场建了一栋两层教学办公楼，用于茶叶技术培训，1970年春季开学，招收全县初中毕业生160余人，分4个班，学制3年。1971年继续招生，但在1972年因经费得不到保证停办。第一批毕业生绝大部分由修水茶试站分配在下属各单位。1972年入校未能按时毕业的学生，并入小斗岭共产主义劳动大学茶叶系（班）。

据不完全统计：这批学员后来取得科研成果总计100多项，在国内外学术刊物发表论文总计200余篇，大多数科研成果入选了全国大中专院校统一教材。

"这些成果，对茶叶的发展起到很大的作用。"吴东生说。

无论是茶叶学校，还是培训班，大部分学员后来都留在了修水，比如茶校毕业的陈范一。这位甘守清贫和寂寞的老人，如今身躯已经佝偻，依然谈锋甚健。

陈范一主持过宁红茶改工作，使宁红茶品质达到中华人民共和国成立后的最好水平，1958年出口苏联，首次出现"超级宁红茶"，经中外专家鉴定，品质达到国际高级茶水平。

他主持的科研项目，先后获11项共30个各级科技进步成果奖，5项达到国内先进水平。最得意、最出彩的莫过于"越海牌"宁红工夫茶获国家银奖和由他指导的"双井绿"研制成功。"宁红茶优质高产综合技术研究"，是修水茶叶史上有着里程碑意义的课题，陈范一主持科技攻关，在宁红茶厂连续吃住了七百多个日日夜夜，从区划、品种选择、土壤条件、肥料施放、农药使用、耕作剪采都由他亲自实施，他和小组成员一起，克服困难，提前一年完成任务，通过省级鉴定。1985年，"越海牌"宁红工夫茶获国家银奖。评审会硕望云集，宁红茶以101.92分高居榜首，可惜的是因宁红茶产量萎缩，此次金奖空缺。但喜讯传来，修水到处红幅标语，锣鼓喧天，庆祝难得的殊荣。陈范一退休后，1993年，国家三峡办茶叶科技开发研究会专家组成立，陈范一被聘为专家组成员，他参加了"建设三峡库区茶叶生产示范体系"技术论证。对于陈范一来说，这算得上是他生命最后的重要部分。

在陈范一的论述中，他对科学的态度以及对治学的严谨，是前所未有的。尤其是《宁红奖匾、贡品、太子茶等几个历史疑点之考证》，可谓洋洋大观的宁红茶发展史，科班出身的他说理充分，用词精准，体现了很高的学养。自1951年乘火车到赵李桥，经崇阳大沙坪徒步到修水实习算起，陈范一与修水茶叶结缘60余年。

许多年后，我无意中认识陈范一时，说起当年的"待遇"他没有半点怨恨，更多的是对国家的忠诚。

三次创制宁红金毫

宁红茶是一个历史悠久文化品牌，修水的茶人前赴后继，以各种方式不断地改变着宁红茶的命运。

中华人民共和国成立后，修水茶厂（宁红集团的前身）在创制宁红优质产品过程中，取得两次好的成果和一次重大突破。

第一次是从1958年起，由修水茶厂下属企业溪品、清水初制厂特制的"山谷红"毛茶，经加工厂精心制作，成功地创制了品质优良的新产品——"宁红特级工夫茶"740斤，成品10箱，运往上海口岸公司出口苏联，填补了修水茶厂建厂以来不能生产特级工夫茶的空白。特级工夫茶的品质特点是：外形挺秀，毫头显露，色泽乌润，香气鲜浓，滋味醇厚，汤色红艳，经中外专家鉴定，品质达到国际高级茶标准，荣获中国茶叶进出口公司专电祝贺，这种产品一直持续到现在。

第二次是1983年，修水茶厂生产的宁红茶出口产品在"全国出口商品生产基地建设成果展览会"上展出，受到对外经济贸易部门的赞誉和好评，荣获中华人民共和国对外经济贸易部颁发的宁红品质优良的"优秀荣誉"；1984年试产的"宁红工夫茶"荣获"江西省优质产品"称号。

第三次创制"宁红金毫",修水县委、县政府高度重视,相关部门鼎力支持。省、市、县各级密切配合,为宁红茶创优工作创造了有利条件。

从1983年开始,修水茶厂始终把"质量第一"作为办厂方针,并从实际出发,按高标准、严要求制定目标,争取"宁红特级工夫茶"在1984年创省优的基础上,创国优目标。

为了使创优工作扎实开展,成立了创优领导小组,厂长龚良才任组长,技术副厂长俞道文任副组长兼创优办公室主任,生产科科长邹匡复任创优办公室副主任,李扬星、张俊云、俞旦华、詹良喜为成员,并制定了具体工作职责,对于原料、初制、精制、包装等各工序都安排专人各抓一项,从而有力保证了创优工作的顺利开展。

要想提高产品质量,不仅要有有效的措施,加强企业管理也是关键。为此,1984年至1985年,厂部先后为中层干部和班组长以上骨干举办了四期全面质量管理学习班。他们系统地学习了全面质量管理的有关知识和具体做法,学习茶园管理,茶叶初制、精制技术,茶叶审评、检验等业务知识。修水茶厂下属漫江初制厂,地处山区,土质肥沃,雨量充沛,日照适度,春夏期间云雾缭绕,是"宁红茶"的发源地和优质高产地。经过反复商议,他们决定将该厂作为创优产品原料基地。为使基地有优质的原料,在创优工作中,首先严把原料基地第一关,除抓好常规茶园管理外,着重抓好增施磷肥,使氮磷钾三要素科学搭配,千方百计提高茶叶香度。增施叶面追肥,以促进茶芽萌芽及严格按照高标准精细采摘,在初制、精制中,认真改进工艺标准。

修水茶厂生产的"宁红工夫茶",在1984年、1985年报省科委同意,被列为江西省二级科研项目。茶厂科技人员与县茶桑水果局派员陈范一、张永成等科研人员密切合作,与广大职工一道开展宁红茶优质高产研究，并在此基础上，研制宁红茶历史上名扬中外的贡茶——太子茶的特级工夫茶获得成功。

"越海牌"宁红特级工夫茶（以后命名为"宁红金毫"），1985年6月在中国食品协会主办的全国茶叶评比中，以最高分获得红茶工夫茶第一名。全国政协常委、中国茶叶学会名誉理事长、茶业界泰斗吴觉农教授称赞"宁红特级工夫茶"是礼品中的珍品。它被原农牧渔业部评为"部优产品"，并荣获1985年国家优质产品银奖。同时，获得江西省人民政府奖金二万元和修水县政府奖金五千元。也就是这笔在现在看来不值一提的奖金，让我看到了宁红茶在时光深处的重量。

宁红茶的波折

20世纪80年代，对于宁红茶人来说，有着非常深刻的记忆。

"宁红保健茶"就是在那个年代出现的，这是宁红茶史上的又一个重要品牌。"宁红保健茶"进入国内市场后迅速走红，很快就出现了罕见的"宁红"畅销现象。

"20世纪90年代初期，除了'宁红保健茶'广告出现在中央电视台黄金时段外，北京的车站码头，到处都有宁红茶的广告。"在修水县第六小学任教的赵小虎老师回忆说。他家不算是产茶区，可还是会有人采摘野生茶卖钱，能够换回一些日常的生活用品。

这种红火的时期并不算漫长。到20世纪90年代中后期，整个中国茶叶市场都在萎缩。"造成萎缩的主要原因是落后的市场经营和企业管理，盲目的多元化经营和茶农之间互相压价恶性竞争，导致市场秩序混乱，加之受碳酸饮料、矿泉水等新型饮品的冲击，等等。"江西省茶叶学会副理事长吴东生客观地分析了当时的茶市现象。那时茶市不再稳定,"即便设备先进,中间还是会有落差,整个国际市场上的茶叶都在下滑。其他产业的兴起,让消费者有了多样的选择"。"宁红保健茶"出现了严重的滞销问题,茶叶企业经营艰难,亏损特别严重,很多的小规模茶企干脆关门大吉,一些大的茶商也是在苦苦煎熬,但最终还是半死不活。大多数茶农开始转型,或是将茶园抛荒。

"这对于茶农来说,显然是个沉重的打击,但他们又不得不接受这个残酷的事实。"吴东生说,还一些茶农还沉浸在往日的美梦中,一时没法醒来。

关于"宁红保健茶"的兴衰的历史,其实并不久远。一些在宁红集团干过的职工,对当时的情况记忆犹新。

2020年7月,我在修水县竹坪乡紫竹佳园见到了78岁的孙全兴老人。他是从宁红集团退下来的职工。紫竹佳园是修水县移民扶贫的安置小区,扶贫安置是修水县帮助贫困户尽快脱贫的重要举措。"孙全兴老人的儿子安置在这里,抓阄在二楼,80平方米,光线好,非常舒适。"赵小虎老师说。

赵小虎老师和孙全兴作为本乡人,彼此都很熟悉。我们去之前给孙全兴打了电话预约,他说在小区门口等。我们刚踏进小区门口,老远就看见一个瘦弱的老人和几个门卫聊得正欢,嘴里还叼着旱烟,不时猛吸一口,抖落烟灰,又打开烟盒,捏着烟丝往烟斗上按。"小虎,你来了。"看见我们走近,他放下手中的烟枪迎了上来,露出一脸高兴的表情。"走,去我屋里说吧。"他一边说着,一边在前头带路。

"这是咱们县里的作家,正在创作《中国宁红》,想向您了解宁红茶在八九十年代的情况。"一听说我是来了解宁红茶的,孙全兴高兴的表情一下子就黯淡了下来。他似乎不太愿意再次提起这段往事。

1969年,孙全兴还是个健壮的青年,从福建某炮兵部队退役后,分配到九江石化厂工作。"年轻的时候没有这么散淡，总想着有个好的前程。"本来石化厂也是个令人羡慕的单位，可他并不满足，总感觉自己的志向不是在这个地方。"我在年轻的时代也爱好文学，是个纯情的文学爱好者。还自己给自己写情书，不停地抒发生活的情趣。"说到高兴处，孙全兴便自告奋勇地朗读自己的诗。

在九江石化厂待了4年后，孙全兴主动申请调回修水。从市里的单位调回修水的乡镇，这让有些人很费解。

一开始，孙全兴分配在修水县白岭区担任团委书记。"那时区政府不是谁想去就去得了的。"在白岭区上班十六天后，孙全兴趁组织手续还没有完全到位，再次提出了申请，这次他要求去宁红集团。从政府往企业转型，换作今天，是谁都不能理解的。在去之前，区委书记专门找他谈话，大致的意思是得着眼长远，政府相比企业更有前途。孙全兴听不进去，当时家里条件相当困难，一家人都盼着他有出息，领点微薄的工资根本没法贴补家用。"那时的宁红集团每年仅税收就有8000万元，应该说这个企业在全国都是响当当的。在政府工作的待遇，远不如宁红集团。"孙全兴说。当时他在政府的工资每月只有十几块钱，宁红集团一个月是三十六块，是区政府工资的两倍多。

"调入宁红集团也不是件容易的事，我还找了好些关系引荐。由于我平时喜欢写写画画，当时宁红集团也需要搞宣传的人，能写的在哪个单位都是紧缺的。"孙全兴自豪地说。孙全兴的特长，给他带来了便利。

孙全兴调入宁红集团后，如愿地分在办公室，主要是负责集团的宣传工作。他想出了一整套宣传方案，从多角度对"宁红减肥茶"进行宣传，并且取得了良好的效果，连续两年被评为"优秀个人"。由于宣传工作出色，很快孙全兴得到了重用。"集团老总找我谈话，意思是要我去济南开发市场。当时我还有些犹豫，家里有妻有儿，去趟济南还得花费不少时间。"老总让他回去考虑。连续几个晚上孙全兴都没有睡着。他和妻子商量，妻子没有赞同，也没有反对，让他自己拿主意。经过几天的思前想后，他决定还是放弃这个机会，当他去找老总道明自己的想法时，老总正好在通电话，只听见老总说："我们很快就会在济南建立销售网络，你们购买产品就很方便了。"

"小孙啊，考虑得怎么样了？"老总问孙全兴。

孙全兴犹豫了半刻，正打算向老总说明拒绝的理由，没有想到老总先开口了："你是当兵出身的吧，又写得一手文章，年轻人嘛，就应该敢闯敢干，未来必定是你们的天下。你看，济南还没去人订单就来了。你准备一下，明天早上就动身。"

就这样，孙全兴被派往了济南。虽然内心有些不乐意，可他从小就读过老舍的《济南的冬天》："对于一个在北平住惯的人，像我，冬天要是不刮风，便觉得是奇迹；济南的冬天是没有风声的。对于一个刚从伦敦回来的人，像我，冬天要能看得见日光，便觉得是怪事；济南的冬天是响晴的。自然，在热带的地方，日光是永远那么毒，响亮的天气，反有点叫人害怕。可是，在北中国的冬天，而能有温晴的天气，济南真的算个宝地。"那可是个令人向往的城市啊。

从九江坐火车到济南要两天两夜，遇上寒冬的季节，北方大地到处是一片苍凉，那种广袤的空旷，反而增添了许多的生活勇气。

孙全兴一到济南火车站，便见热心的客户等在站台外。山东汉子特别地热情，为孙全兴接风洗尘。孙全兴可是条硬汉，遇上几个山东汉子可谓是臭味相投。晚上，山东汉子设宴席请酒，山东吃酒有着敬七杯回一杯的习惯，几轮下来，孙全兴已是喝得烂醉。

济南的宁红茶市场在孙全兴的努力下越来越旺，销售收入接近一个亿。比济南市场干得更火的还有上海，那时上海超过了一个亿。孙全兴在济南整整待了5年,在这5年里,他可谓是耐得住寂寞,为了发展这个市场,很少回修水,家里的大事小事都抛给了妻子。

孙全兴研究出了一套自己的促销方法,利用他在宣传上的优势,大力宣传"宁红减肥茶"的作用。他还专门编印了《宁红新效减肥茶报》。他一边介绍,一边从屋子里的旧皮箱里找报纸,这是一份1996年编印的报纸,报纸的刊头上印着减肥广告。"宁红减肥茶,真的有减肥的功效吗?"我认真地问孙全兴。"当然有。"孙全兴不假思索地说。

可是接下来发生的事情,孙全兴也不明白。1993年10月25日,《济南日报》发表了标题为《宣传食品有治病作用属违法——十五家企业产品被责令停止销售》的报道。内容里指出:江西修水茶厂保健茶系列产品开发中心生产的宁红保健茶误导消费者,使人认为既是食品又是药品。卫生监督人员指出,有病无病乱吃"药"(所谓的疗效作用),会影响和破坏人体正常免疫机能,希望消费者注意区分食品、药品,并检举个别企业生产食品宣传疗效的违法行为。

"我不知道产品有问题。听到这个消息,我感觉像是末日要来临了。"孙全兴说。那时,济南的市场应该说是非常稳定的。

1998年4月18日,《青年报》发表了署名文章《市卫生监督所昨天公布一项跨年度抽查结果:宁红茶包里有禁药》。很快江西宁红(集团)有限公司就做了回复《宁红一口咬定没下药》。

"宁红集团怎么回应那都是无效的辩解,人家只相信事实。我不能理解的是,'宁红保健茶'正红火,是谁在背后伸黑手?"

孙全兴一直不知道真相。其实早在半个月前,"宁红保健茶"在上海就发生了地震。上海检测出"宁红保健茶"里添加了一种叫芬氟拉明的药物。芬氟拉明为苯丙胺类食欲抑制药,具有较弱的兴奋中枢的作用,可使血压下降;亦能加强周围组织对葡萄糖的利用而降低血糖;还有降低胆固醇、三酰甘油、血浆总脂质的作用。临床上用于单纯性肥胖及伴有糖尿病、高血压、焦虑症、心血管疾病的肥胖患者；对治疗孤独症亦有一定疗效。

我在百度搜索时，发现安徽省消费者权益保护委员会官方网站上，还保留着一条当年的新闻。标题是《国家工商总局监测发现：宁红茶等保健食品铅超标》，这是 2005 年 11 月 10 日转发的，全文如下：宁红新效减肥茶、"天宇牌"银杏叶保健茶、骨中金片等十种不合格的保健食品遭到曝光。日前，国家工商总局公布的流通领域保健食品质量监测结果显示，保健食品铅超标现象非常严重。工商总局此次对江苏、安徽、天津、上海、青海五省市六十家经销单位销售的保健食品进行了质量监测，共抽取 182 组样品，包括调节免疫功能、延缓衰老、改善记忆、抗疲劳、减肥、调节血脂等多种类型的保健食品，其中 27 组不合格，监测合格率为 85%。这大概就是"宁红保健茶"衰败的真正诱因。

"茶里真的掺了这种药物吗？"我问孙全兴。

"应该是掺了的。"孙全兴说，"虽然官方一直没有承认，但事实是无法争辩的。"

"为什么要掺假呢？"我问。孙全兴事后才明白："掺假对减肥会起到速效，提高产值是最终目的。"

"当时产值应该不小了吧！"

"的确是不小了，估计内部还想超值。"孙全兴回答说。

"如果没有这次掺假，'宁红保健茶'会一路红下去吗？"

孙全兴思考了一小会儿说："掺假只会加快宁红集团的瓦解。"实际上，那时宁红集团已经出现了严重的问题。一是一些地方官员千方百计地安排自己的亲属挤进集团，这些人不仅不服从集团内部调遣，反而出歪点子，想法子牟取利益。二是企业已经处于转型升级阶段，没有及时研发新的产品进行转型升级。"说到底'宁红保健茶'的衰败只是时间迟早的问题,如果没有那次掺假,可能还会延续一段时间,但最终的命运还是无法逃脱的。"

后来,宁红集团解体,政府给这批人员购买了养老金,他也从此告别了茶叶这个行当。

"现在的退休工资远不如政府公务员。"孙全兴说。

"你会对当时的选择后悔吗?"孙全兴站起来,在窗前踱来踱去。瞧着外面的人群,那双眼睛越来越亮。"当然不会,我对宁红茶是有感情的,那是一段光荣的历史。衰败当然会有一种失落,但是,从未参与到这段历史中的人是不知道其中的滋味的。"孙全兴说。有关"宁红"的衰败,有一首民谣为证:"茶叶本是宝,而今贱如草。粮价天天涨,生活怎得了。"

不过有一点,无论"宁红保健茶"是兴盛还是衰败的时候,他从来不做负面宣传者,也没干过损害宁红茶利益的事情,一直作为老茶人默默地关注着宁红茶,他相信宁红茶还会有牛气冲天的那天。

虽然现在年纪大了,可他的骨子里依然保持着军人的硬朗,性子里保留着刚毅。"宁红茶就像是一条河流,它有平静的时候,也会波涛汹涌。关键的问题是,它一直流淌在历史的长河中,这是值得后人去研究的。"孙全兴说。

宁红茶 "更香"

"更香"是北京一家知名企业的名字,以打造"更香有机茶"为主,企业的总部设在北京马连道街头。

"更香茶楼"是北京更香茶叶有限责任公司的前身。说到这个"更香茶楼",不得不说起俞学文,也就是现在的北京更香茶叶有限责任公司董事长。

1995年5月4日,一个酷暑的夏天。25岁的俞学文揣着2000元积蓄,和未婚妻朱丽俐一起坐火车到北京。

为了省钱,他们租住在石棉瓦搭起的"冬冷夏热"的临时房屋里。当时,俞学文的父亲在马连道开了一家卖茶叶的小门店,由于经营不善,不但付不起房租,还欠了不少债。俞学文接过父亲的小店和债务。为了寻找出路,他花60元买了一辆自行车,每天骑着车去西单、王府井、前门大街的茶叶店"踩点"。那段日子的经历,成了俞学文不能忘怀的记忆。

说起为什么会选择北京,朱丽俐说,有时候,也就是一个念头,感觉北京是个好地方。"首都是令人向往的,毕竟是中国最繁华的城市。"实际上,在到北京创业之前,朱丽俐没有深入了解北京的茶市,甚至都不知道北京人喜好什么样的茶。

直到茶叶店开张后,朱丽俐才意识到,这是个比较鲁莽的决定。因为北京人只爱喝花茶,他们从浙江老家带来的绿茶,并不能引起北京人的关注。

在最困难的时候,俞学文意识到,世上没有真的救世主,救自己的人还是自己。只有想着法子找出路,才可能在京城站稳脚跟。在来北京之前,俞学文懂得一些茶叶的门道。他懂得品牌的重要性,品牌就是商标,没有品牌,市场上就没有自己的"脸面"。于是他开始静思,千方百计地创立市场品牌,注册商标。

这些事情,说起来容易,干起来却非常困难。

俞学文最早从事茶叶生意,还是18岁那年,他父母离婚。母亲远嫁他乡,离婚后父亲便到江西做茶叶生意,浙江老家只剩下俞学文和两个妹妹。

当时，父母离婚引来一些非议，周围人异样的眼光让俞学文暗下决心，一定要做出点样子来，给自己争口气。"在逆境和曲折中成长，对我来说是一种磨炼和激励。"俞学文说。

在做茶叶前，俞学文萌发了"成为百万富翁"的梦想。俞学文喂过猪、养过鱼、开过拖拉机，还经营过一家猪饲料店。最风光的时候，他养了100多头猪，赚了几万元，盖了新房，还买了摩托车。

文化程度极低的俞学文，对茶文化可以说是一知半解。在成立茶楼之初，他只好在自己的女儿和儿子的名字中各取一个字组合成商标的名称。俞学文的儿子叫"庚庚"，女儿叫"香香"，茶楼的商标便是后来红遍京城的"庚香茶楼"。也就是这种误打误撞，以至于做出了大品牌。

说实话，从未有过成功经历的年轻人，对成功是有着急切渴求的。俞学文夫妇带着"庚香茶楼"四个字去注册时，却吃了闭门羹。"庚香"字意里有比其他茶叶更香的意思，所以注册部门拒绝了注册。夫妇俩都没有气馁，仍然想着法子，准备了足够的材料，才将商标如愿注册成功。

"庚香茶楼"自然吸引了一些客人。其实来喝茶的不乏文化人。有人听了俞学文关于"庚香茶楼"的来历后，建议他注册"更香"商标。

这的确是个不错的主意，那天晚上俞学文和妻子朱丽俐失眠了。注册"庚香"时，可以说没少费气力，现在注册"更香"，能批得下来吗？他们心里暗想。在北京待了几年，他们也没有认识几个官场熟人。第二天朱丽俐还瞒着俞学文，硬着头皮去了国家商标注册中心。让她没想到的是，"更香"反而可以注册。听到这个消息，她几乎是高兴得跳了起来。很快"更香茶楼"开业了，并成立了北京更香茶叶有限责任公司。折腾了几回，店面稍微有所扩大。但是"更香"没有改变往日茶楼冷清的局面。最主要的问题，还是茶叶不被认可。

也就是这个原因，反而让俞学文意识到，卖北京人喜欢的茶，不会有大市场，只有把一个陌生的品牌打响，才可能赢得属于自己的"天下"。也就是带着这个想法，后来俞学文做出了一个大胆的决定：给爱茶人士送茶，通过送上好的绿茶，来打开茶叶市场的门路，进而赢得了爱心人士的口碑。这招果真奏效，茶楼陆续有人上门喝茶，买茶，"更香茶楼"悄悄地在京城有了名气。

"为什么一定要做有机茶呢？"我问朱丽俐。"这是一次机缘巧合，我无意中得知有机茶从种植管理、加工、运输直到销售均有严格规定，是一种杜绝各种污染的'纯天然'茶叶。"她觉得这种茶一旦被市场接受，就不会轻易被抛弃。这也符合"更香茶楼"做良心茶的发展思路。关键的问题是，朱丽俐老家所种植的就是有机茶，可以带动村民致富。

在"更香茶楼"发展到一定规模的时候，俞学文决定回乡，"一个人在走向世界的时候，反而觉得故乡也是自己的世界"。他在浙江武义的小和尚山开辟了一块 800 亩的茶园，作为往后有机茶发展的供货来源。后来他又通过合作社，同周边茶农签订协议，吸引更多的茶农参与到茶叶的种植中来。

随着人们对食品安全和健康越来越重视，以"纯天然"为主打的有机茶获得了大众的认可，销量也水涨船高。"更香茶楼"由当初的一个以喝茶为主的茶楼，变成了一个既可以喝茶又兼顾销售的茶企。市场在不断地拓展，除了打开国内市场外，还打开了国际市场。

后来，欧盟茶商专门派人到茶叶基地检测，不仅没有发现问题，相反对茶叶品种予以了充分肯定。从这以后，有机茶的价格比普通茶叶贵很多。从一开始"更香茶楼"就严格要求自己，在生产和加工的过程中，坚决做到质量第一。也就是因为这种严管的企业追求，"更香茶楼"一直活跃在市场的前沿。更香公司有机茶种植面积、销量和产量均居全国第一。

到 2004 年，"更香茶楼"拥有 8 万亩茶园。其中 6 万亩种植的是有机茶，市场可以说是供不应求。"更香茶楼"也扩大到了 5000 平方米。年产值高达 8000 多万元，"更香""庚香"被誉为"京城有机茶第一品牌"。

虽然每年的年初都有计划，但后来临时的订单还是很多，比如政府和大客户采购等等，由于没有库存，茶楼很难满足临时订单需求。除了不断扩大茶园外，"更香茶楼"不断延伸产品，包括茶具等等，到现在已有 5000 多个品种。

2006 年 12 月，在由团中央、水利部、农业部、财政部、国家林业局和全国青联共同主办的"第十一届中国杰出青年农民"评选活动中，俞学文因延伸绿色产业链，连通城乡市场，带领茶农走向致富大道而获此殊荣。2009 年 1 月，俞学文被评为"2008 中国十大农村致富带头人"特殊贡献奖。公司先后荣获"中国特产之乡开发建设优秀企业""浙江骨干农业龙头企业""浙江优秀农民专业合作社""浙江连锁经营首批试点企业""北京名牌产品""北京市著名商标"等荣誉。

2009 年底，对于俞学文和妻子朱丽俐来说是特别期待的一天。他们经过长途劳顿，从北京来到修水。刚进入修水地界时，天色便渐渐地暗下来，夫妻俩似乎一点都没觉得旅途的疲劳。

第二天一早，他们就出现在修水的茶叶博物馆内。修水的整体风貌，给他们留了深刻的印象。尤其是在参观茶叶博览馆时，他们对历代茶人所树立的宁红茶品牌悄然起敬。在吴东生的陪同下，俞学文和妻子朱丽俐踩着历史的尘埃，一脚深一脚浅地朝着宁红茶区走去。这次对于俞学文夫妇来说,是带着考察目的来的。因为在此之前,修水的县领导找过他们,希望他们能够到修水发展茶叶产业,做大做强宁红茶品牌。

通过实地考察后,俞学文对"宁红工夫茶"十分感兴趣。他认为做宁红品牌,不仅是做茶叶生意,还是对一种古老文化的传承。作为一名活跃的茶人,他有这个责任和使命。

如果更香集团与宁红茶组合,对于壮大宁红茶品牌,保护和挖掘宁红茶文化都有着巨大的意义。夫妻俩的想法不谋而合,很快就做出了收购宁红集团有限公司的决定。

"宁红集团属于'中华老字号'企业,同时也是农业产业化国家级重点龙头企业。更香集团与宁红的组合算得上是缘分,茶和人一样讲究缘分。"朱丽俐说。

2010年5月,江西省政府同更香集团签订了框架协议,决定投资两亿元收购宁红集团,重新组建江西省宁红集团有限公司。做大做强宁红茶品牌,改善茶叶管理模式,为茶农提供技术、收购等上门服务,提高经济效益;通过品牌策划、市场运营等手段提升宁红茶的品牌价值。搭建修水茶叶的进出口贸易平台,使宁红品牌尽快走出国门,走向世界,提升知名度,打造成中国的茶叶文化名片。

"宁红在中国茶史上,留下了不少佳话。"但长期以来,由于品牌参差不齐,影响力受到了局限。"随着人们消费升级、茶叶深加工技术提升,以及电子商务的发展,不少茶叶老字号加快技术研发、延展销售渠道、拓宽发展机遇,让醇香的茶味飘得更久、更远。"这也是宁红集团有限公司后来与"更香茶楼"精诚合作的理由。

"更香茶楼"收购宁红集团后,俞学文决定由朱丽俐担任江西省宁红集团有限公司董事长。朱丽俐与俞学文在北京打拼多年,有着丰富的茶叶经营门道。但是她依然非常地小心,第一次挑大梁,因此格外地努力。

朱丽俐决定通过开发有机茶园，来提高宁红茶品质。有了好的品质，再研发新的宁红茶品牌。比如，后来推出的"柑红茶"，以及在此基础上追加的新品"宁红小青柑"，都在市场上非常火爆。

"小青柑"是茶界新秀，茶商们趋之若鹜。"更香茶楼"将"小青柑"提升到品牌战略的高度来推广，并且进行了品牌和包装的专利申请，获得十项专利。为保证"宁红小青柑"的品质，"更香茶楼"用宁红茶一级红茶及广州新会新门的小青柑果。新会柑在药性方面是最为优良的，新会新门是国家授予认证的农产品保护区。

宁红集团在朱丽俐的用心经营下，在丈夫俞学文幕后的默默支持下，有了更大的市场空间，发展前景让人惊叹。

在 2018 年召开的第十八届亚洲运动会时。作为官方唯一指定茶叶，宁红茶出现在印度尼西亚雅加达亚运会赛场，并作为国礼赠送给亚运会参赛的 45 个国家和地区领导人。

在众多茗茶中，宁红茶开始频频亮相国际舞台。"宁红到底有着怎样的吸引力呢？""首先立足厚重的历史和品牌积淀。"朱丽俐介绍说，新成立的江西省宁红集团有限公司真正吹响了"质量兴茶、绿色兴茶"的号角。"最重要的是因为高品质。"八山半水一分田，半分道路和庄园。宁红茶产地修水县境内群山环绕，"就连空气都是甜的"。对于近 4 万亩的标准化茶园，朱丽俐近期并没有扩大面积的打算。"不扩充不是不发展，而是为了集中精力向高品质发展。"朱丽俐说，"茶叶基地是品牌的基础，源头出问题，一切都无从谈起，所以我们把基地管理当作首要工作来抓。"

在宁红集团有限公司的茶园里，物理性诱虫灯、防虫杀虫板、施用有机肥……高标准有机茶叶生产的元素一个都不少。在育种、茶园到茶叶制作全过程质量控制下，2017年，宁红集团有限公司通过了有机茶产品认证。

如今，借助亚运会的舞台，搭乘世园会的快车，宁红茶重现昔日辉煌，再度名扬中外。

品牌是叩开市场的敲门砖。自从第十八届亚运会后，前来订货的国内外客商络绎不绝，"宁红"茶开始批量销往欧美市场。"去年，我们年销售额突破两亿元；今年一季度，销售额同比增长10%。"

北京世园会期间，北京表演队队员在园艺小镇的茶叶店里循环展演茶艺。"这是国际友人了解中国茶文化、了解宁红茶的一扇窗。"

意大利米兰世博会金奖

2015年，对于宁红茶来说是值得纪念的年份。这一年，在意大利米兰世博会"百年世博、中国名茶"评选中宁红茶获得公共品牌金奖，"宁红金毫"获得企业品牌"金骆驼"奖。

这次获奖，距上次1915年美国旧金山太平洋巴拿马万国博览会，宁红茶获得的最高奖整整一百年，再次实现了宁红茶的百年辉煌。

2014年下半年，那时，吴东生还是修水县茶科所党委书记，在一次参加江西省农业厅工作会议室上，他无意中从程关怀副厅长、经作局刘宝林局长的口中得知，国家有关部门正在筹备参加2015年意大利米兰世博会中国馆展览事宜。对于敏锐的吴东生来说，这的确是个振奋人心的消息。

江西省农业厅一直以来对修水的茶叶特别关心，尤其是程关怀副厅长曾多次到修水指导茶叶生产工作。会后他特意找到吴东生："东生啊，修水的宁红茶是获得过世博会最高奖的，这次可不能缺席啊。"虽然只是轻描淡写的一句话，但一下子就落到了吴东生的心窝里，沉甸甸的。

会议结束后，吴东生马不停蹄地赶回了修水，专门找到了分管茶叶的县委常委、纪委书记欧阳明华，把这个好消息向他做了汇报。"这个机会不容错过，我会在县委常委会上做专门汇报。"欧阳明华要求县茶叶办，开始着手做前期准备工作。很快县委常委会通过了参评决定，县委书记孙朝辉、县长张林还在报告上做了批示。

2015年3月24日，由中国教育国际交流协会主办，国际茶叶委员会、欧盟茶叶委员会、中国茶叶流通协会、中国茶叶学会、中国国际茶文化研究会、中国食品土畜产进出口商会、国际茶文化交流协会、意大利茶业协会及中国旅游协会，日本、韩国、马来西亚等茶协组成的2015年米兰世界博览会中国馆中国茶文化周组委会正式成立，百年世博中国名茶国际评鉴委员会、中国茶文化国际宣传推介委员会同时成立，当天在北京华滨国际酒店举行了新闻发布会，正式启动评选工作。

4月1日，修水县委紧锣密鼓地成立了"意大利米兰世博会百年世博中国名茶宁红茶评选工作小组"，由县委常委秦小雄担任组长，县政府副县长张立军任副组长。相关部门主要负责人、修水县茶科所所长万小兵、修水县茶科所党委书记吴东生，茶叶办干部徐天星、周德清、王祥、包正兴等为成员。根据这次评选规则要求和评分标准，茶叶样品占70%，申报材料占20%，网络投票占10%。工作小组下设四个专业小组：技术指导制作组，材料申报组，宁红茶专题片、画册宣传组，网络投票及保障组。这些小组成员都是修水茶叶界鼎鼎有名的人物。万小兵负责总协调，吴东生负责整个技术层面及参评沟通。应该说阵容强大，分工明细。"如果不落到实处，也就是个花架子。"吴东生说。庆幸的是县委县政府高度重视，多次召开协调会，让大家意识到这并不是政府的一项行政命令，而是在为老百姓实实在在干点事情。

2015年4月30日，国家检测机构对全国参评的茶叶单位进行资格审定，最终敲定全国121家符合条件的单位，涉及十九个省区六大茶类的公共品牌和企业品牌。以修水县茶叶协会名义选送的公共品牌宁红茶和宁红集团选送的企业品牌"宁红金毫"经过严格程序审核顺利注册成功。

目标任务明确后，工作组很快就投入了实质性的工作。负责产品制作的人员，分成两个小组深入全县各个茶叶企业，现场进行制茶指导。各组技术人员，不畏艰辛，通宵达旦，宁红茶的制作工艺为萎凋、揉捻、解块、发酵、干燥，在各工序的标准把握上每个企业都不相同，技术人员在指导时，不断探索、采集数据，每个工序都做到精益求精。

为了高标准制作出样茶，工作组专门邀请样茶评选专家、湖南农业大学的黄建安和李适教授到修水指导。黄建安教授通过深入茶区、茶企了解宁红茶的发展后，对宁红茶给予了高度评价，说宁红茶外观精美、内质丰富，是中国少见的好茶。

通过制作小组人员的精筛细分，精挑细拣，慢烘复品。5月20日前成功制作了1至4号四个参评待选茶叶样品，每个样品1.5至2.5公斤不等，同时准备了20公斤获奖后赴米兰世博会参展的特供茶和50公斤"宁红"品牌推介用茶。

5月20日，工作组将选定的参选样品送至参评地湖南农业大学评选时，著名制茶专家徐仲溪教授评价宁红茶"茶叶制作极精，条索似粉丝一样标准，口感、汤色、香气、叶底极佳"。通过综合考量，最终确定2号茶样作为米兰世博会的参评对象。

选好了参评样品，准备申报材料应该说是重要的一环。申报组人员不惜四处搜寻，收集整理宁红茶的有关资料。按照参评要求，材料要有茶叶品牌的种植历史、文化、制作工艺演化、品质特征、荣誉、市场，历年产量产值等实质内容的篇章。可是修水宁红茶虽然历史悠久，有很深的文化底蕴，但有关的系统宁红茶资料还是很缺乏，这对材料申报组的人员来说是个较大的难题，在较短的时间内，申报组的工作人员可以说是在与时间赛跑。刘艳南是材料组里最得力的成员之一，由于他一直在茶叶办工作，所以干起来得心应手。刘艳南回忆说，在申报期间，他大半时间都是在办公室里睡的，连续几天都不回家是常有的事情。"严谨工作，挖掘素材，尊重历史，实事求是，按照申报材料要求，规定动作不漏，自选动作特色明显，硬是在短暂的时间内报送了高质量的申报材料。"刘艳南说。

这是一次国际展览，宁红茶专题片拍摄和画册制作也是非常重要的，必须得按照高标高水平来完成。副县长张立军亲自策划和全程指导。按照高水平专业队伍、高质量设备材料、高标准拍摄制作的要求，通过历史和现实的融合，充分展示了宁红茶悠久的历史、厚重的文化、精美的产品、发展的现状。拍摄期间，邀请了江西日报社、江西电视台、江西画报社等专业技术人员进行策划、设计、拍摄、制作。《江西日报》资深记者梁振堂是修水人，他全程参与了这次策划。包括每个细节，书脚、书顶、外观，都是反复评审修改，专题片和画册精美、精彩、精致，全方位多视角宣传了宁红茶深厚的内涵和修水的好山、好水、好茶、好故事。

根据评选活动安排，6月1日到6月20日为网络投票阶段，投票结束当天，"宁红茶"进入公共品牌网络投票第三名。

6月21日至24日，来自中国、美国、日本、韩国、马来西亚等35名"百年世博中国名茶国际评鉴委员会"国际茶叶大师齐聚长沙，对121个品牌样品进行实物盲评和综合评定，最终评出20个公共品牌金奖、50个企业品牌"金骆驼"奖进行网络公示。修水县茶叶协会选送的宁红茶，宁红集团选送的"宁红金毫"均榜上有名。

消息一经流出，让修水人振奋不已。

一代代茶人从不停的奋斗中，用智慧和汗水书写着"宁红"的发展史。从另外一个角度来说，这也是"宁红"在漫长的时间洗礼中，再次重塑它的特殊存在意义。

7月9日下午，让人期待的"百年世博中国名茶国际评鉴揭晓暨中国茶出征米兰新闻发布会"在北京万丽酒店隆重举行，国内外近60家媒体见证了百年世博名茶金奖品牌的诞生。中央电视台、《人民日报》等媒体对宁红茶作了专门采访报道。修水县委、县政府委派吴东生和刘艳南及宁红集团董事长朱丽俐一起出席了新闻发布会，共同见证了新闻发布会精彩的盛况。

宁红茶以综合总分第一名摘取金牌。

奖项揭晓后，从7月30日开始，2015年米兰世博会中国茶文化周，由茶叶专家和相关负责人组成的80余人代表团与浙江大学农学院副院长、茶学系副主任王岳飞，和在全国各大专院校甄选并圆满完成封闭训练的中国大学生茶艺团，带着中国茶的百年憧憬，启程前往意大利米兰领奖。时任修水县委副书记罗时荣和时任修水县茶科所党委书记吴东生，宁红集团总经理官廉、总经理助理姚远代表宁红茶区百万茶人赴意大利米兰世博会领取"宁红茶"公共品牌金奖和"宁红金毫"企业品牌金骆驼奖。

8月3日上午11时，中国茶文化周在意大利米兰世博园中国馆隆重开幕，按每天一个茶类的顺序在中国馆进行推广，中国大学生茶艺团逐一代言宣传。宁红茶沿着一带一路、万里茶道和黄金水道扬帆起航，在意大利米兰世博会的国际舞台上向世界演绎至尊的茶品质和至美的茶文化。对于宁红茶来说目标是明确的，推广的另外一个手段，是让世界重新认识宁红茶。

8月5日为中国红茶日，宁红茶以独特的姿色和口味，博得全世界各国游客的喝彩，连续数小时排出了几百米长的队伍，静静地期待着品饮一杯沉淀了一个世纪的中国"宁红茶"。

特别值得一提的是中国馆气氛异常热烈，似乎这一天成了专门的"中国宁红茶日"。中国馆馆长在中国馆VIP室接待国际茶委会主席诺曼夫妇、本届组委会主任刘仲华教授和夏涤斌秘书长时，肯定了中国茶文化周活动，认为中国宁红茶给中国馆赢得了头彩。在为期7天的活动中吸引了35万各国游客驻足欣赏。很多茶商和游客都纷纷表示看好中国宁红茶在国际市场上的希望和潜力。

8月9日下午，中国茶文化周闭幕式暨"百年世博中国名茶金奖"颁奖盛典在有着150多年历史的米兰切莫西湖畔酒店隆重举行，欧洲华人组织、意大利各界130多人和当地媒体以及维尔巴利亚省省长、农业厅厅长等参加了闭幕式。国际茶委会主席诺曼夫妇又一次向吴东生伸出大拇指赞美宁红茶，并手捧宁红茶和吴东生合影留念。罗时荣副书记和吴东生代表宁红茶及修水人民从国际茶委会主席诺曼手中接过金灿灿的奖牌，官廉和姚远代表宁红集团领取企业品牌金骆驼奖。此次评选，中国茶叶收获了21枚不同等级的奖章，宁红茶获得了博览会最高奖——甲级大奖章。

一个世纪一杯茶，一个世界一杯茶，百年梦想宁红茶。100年后的意大利米兰，中国以世界第一产茶大国的身份，宁红茶以"百年世博中国名茶"金奖荣誉获得者再次亮相国际舞台，实现了"百年宁红王者归来"伟大复兴的梦想。宁红茶能够获得这个至高无上的荣誉，是凝聚了几代宁红茶人共同心血的结晶，也是2003年修水县新一轮茶叶产业规划发展以来取得的标志性成果。

百年世博中国名茶评选是中国茶叶史上规模最大、规格最高、筹备和评选时间最长的一次茶事活动。百年世博中国名茶公共品牌金奖、企业品牌金骆驼奖是一个世纪以来中国茶产业的最高奖项。

好山好水出好茶，修水优良的生态环境孕育了一流的茶叶品质。有"唐载茶经、宋称绝品、明清入贡、中外驰名"辉煌历史的江西茶叶，满载世界博览会金奖的巨大声誉，再次让宁红茶蜚声海内外。

宁红茶亮相世园会

2019年4月29日的北京，正是万物复苏、芳菲满目的好时节。在雄伟的长城脚下，美丽的妫水河畔，2019中国北京世界园艺博览会盛大开幕了。

对于宁红集团来说，这是一个值得纪念的日子。这天，国务院副总理、北京世园会组委会主任委员胡春华出席中国国家馆日活动。北京市委书记、世园会组委会第一副主任委员蔡奇宣布开园。世园会会期162天，共有全球110个国家和国际组织、120多个非官方组织参加，是历史上参展方最多的一届世园会。相关媒体报道，自开幕以来，北京世园会共举办3284场活动，吸引934万中外观众前往参观。

在绚丽烂漫的世园会内，作为北京世园会首批商业服务保障签约的宁红茶亮相在重要的位置。

"在参展之前，宁红集团可以说是做足了准备，从包装设计，到茶叶品质，都是进行了认真酝酿的。"朱丽俐说，"品牌形象也是企业的生命。"也就是出自这种想法，宁红集团对每个环节都进行了细细捣鼓。在他们看来，所展出的不是宁红茶品牌，而是中国茶文化。

宁红茶在世园会的100多天里，参观、品尝、订购、洽谈合作的客商纷至沓来，签订投资协议，场面火爆，人气旺盛。

"应该说，宁红人的'执着度'，无时无刻不在体现一种精神。"在此之前，宁红集团董事长朱丽俐就宁红茶紧扣北京世园会做了一系列的努力，紧扣北京世园会"绿色生活，美丽家园"主题，以"绿水青山就是金山银山"为设计思路，设计了"红翡绿翠"世园会专属茶礼，那"金山、银山"的造型，正是宁红集团描绘新时代江西改革发展新画卷的优美旋律。

也就是这次会展，国际展览局秘书长洛塞泰斯与宁红茶结下了不解之缘。这是落在朱丽俐身上清洁而又美好的事情。洛塞泰斯喜好宁红茶，为后来宁红茶走向西方国家起到了推波助澜的作用。

"宁红茶不仅是中国的茶叶，也是世界的。"在北京世园会首个国家日——德国国家日活动仪式上，北京世界园会事务协调局常务副局长周剑平，向德国驻华大使坐地论茶。

在6月16日举行的为期3天的北京世园会"江西日"上，宁红集团现场表演的世园会专属茶礼模特走秀绚丽夺目，宁红茶与景德镇瓷构成了茶文化与瓷文化、名茶与名瓷交相辉映的中国文化特征。

宁红茶始终与地方文化紧密相连，无时无刻不展示着中国名茶的风范。

10月9日，在世园会闭幕式上，宁红集团董事长朱丽俐发表了精彩洋溢的讲话。她似乎感觉有个声音，在"故乡"的修水提醒着自己，宁红茶的未来还有很长的路要走。

第四章　此花开尽更无花

陈师曾：《茶熟菊开》

修水的茶叶与菊花历来不分家。民间一直流传着"茶叶菊花茶"。这种茶不仅能够解渴，还能解饿。

悠久的历史背景和独特的茶饮文化是"宁红"所要承载和传承的，也是修水茶能从众多茶区脱颖而出的根本原因。

发掘历史之重，体现地域之美，形成了宁红茶特有的"茶菊"体系。

《茶熟菊开》是陈师曾的作品。这幅以修水茶和菊为主题的画作，堪称美术界的经典杰作。

陈师曾（1876—1923），又名衡恪，号朽道人，江西义宁（今江西修水）人，出身于书香门第，祖父是湖南巡抚陈宝箴，父亲是著名诗人陈三立。无论是陈宝箴还是陈三立，对宁红茶可谓是情有独钟。陈师曾从小喜好家乡的宁红茶，并且有"一日不见如三秋，三秋不见茶几壶"的传说。

1902年，陈师曾东渡日本留学时，皮箱里就装着一盒上好的"宁红工夫茶"。在日本，陈师曾以茶会友，并与日本茶人进行切磋，传播中国茶文化，并将茶融入作品中，《茶熟菊开》便是其代表作之一。

1909 年，陈师曾回国，任江西教育司司长。后来，他在通州师范学校、女子高等师范学校、北京高等师范学校、北京美术专门学校任教。其间，陈师曾多次将家乡的宁红茶作为绘画的背景素材。

在陈师曾的交游圈中，过往者多数是近代历史上举足轻重的大人物，他与鲁迅、李叔同、齐白石等人就结下了深厚的友谊。他与齐白石的渊源最是为人称道，可以说，齐白石的成名与成就在很大程度上得益于陈师曾的帮助与提携。

当时齐白石卖画生涯很落寞，两元一张的画，基本上是无人问津。一个偶然的机会，陈师曾看到了齐白石的画，感觉齐白石是一个可塑之才，于是决定携带宁红茶作为见面礼上门拜访齐白石。当时陈师曾在画坛有着深远的影响，齐白石对于陈师曾的造访也是受宠若惊。两人一边品着宁红茶，一边切磋着绘画的技艺，聊得痛快。艺术的建树，相互碰撞出了闪烁的火花。后来，齐白石名声大震，成为中国的大画家。陈师曾的坦荡诚恳与齐白石的虚怀若谷为艺坛留下一段佳话。

在寻找陈师曾的足迹时，应该说，无论是在陈师曾的绘画生涯中，还是在交友的旅途上，修水的宁红茶在时光的缝隙中，一直袅袅散发着香气，也使陈师曾在创作过程中，保持着独立精神。

陈师曾经历过五四运动，对新文化有一定的认识，作画追求创新，反对"四王"一派的复古习气，努力恢复中国画"师造化"的优秀传统。他的山水画融合沈周、蓝瑛、石涛、髡残诸家，用笔勾多皴少，生辣有力；作园林小景饶有诗意，曾得近代书画大家吴昌硕指点，结合写生，自成一格；其风俗人物画，紧贴生活，风格清新爽健。陈师曾通晓中西绘画的原理，主张中国画革新，但并不附和"西洋画科学，中国画不科学"的肤浅论调。陈师曾山水不喜模仿，以游历四方亲眼所见之奇山好水画之，一丘一壑力避平庸，用笔天真有趣。他出身于典型的传统文化家族，形成了敦厚儒雅的文人性格，而西洋文化的熏陶浸淫，又开阔了他的眼界，使他能够不受传统文化的限制，尽情发挥自由的创造力，成为20世纪初期，"京派"绘画的代表画家之一。著作有《中国绘画史》《中国文人画之研究》及《染苍室印存》等。

《茶熟菊开》简洁不烦冗，一提梁茶壶，一个高身花瓶上插了两朵大菊花，花形呈悬崖式。这两朵大菊花，其实就是金丝皇菊。袁宏道曾谓"钟于山水花竹""无扦剔浇顿之苦而有赏咏之乐"，说明了文人插花普遍的创作动机。纵观历朝历代的插花史，文人花的理念不外乎"供养、记游、装饰、惜花、排忧、游戏、其他"这七种。从这幅画来看，可归类于"其他"，因用茶赏来表达作者"茗赏者上也，谈赏者次也，酒赏者下也"的心境。

还原作品中，尽量去体会作者的创作意图。民国时期，政局不稳，人心涣散，作者只想简简单单地寻求自由、安定。所以，画中只出现了一种花材，用花中隐士——菊花来表达心境；花虽只两朵，却是一花一叶皆有神。同时，旁边放置一个提梁茶壶，也让人思绪万千。可以是"一人得神，二人得趣，三人得味"，也可以是主人追求淡泊明志、宁静致远、胸怀坦荡、怡然自得的精神境界。

金丝皇菊

菊花为菊的通称，在植物分类学中是菊科。菊花原产中国，是我国十大名花之一，是记载于史书上最早的一种观赏植物，至今已有2500年以上的栽培历史。最早的记载见于《周官》《埤雅》。《礼记·月令篇》"季秋之月，鞠有黄华"，说明菊花是秋月开花，当时都是野生种，花是黄色的。从周朝至春秋战国时代的《诗经》和屈原的《离骚》中都有关于菊花的记载。菊花从古至今一直为我国人民喜爱，并被广泛栽培、利用，经久不衰，除了其"傲寒独立的君子之风"的观赏价值以外，还因为它有药用、食用、茶用等多种利用价值。据记载，秦汉时菊花已开始作饮食之用，有"叶可以菜，花可以药，囊可以枕，酿可以饮"之说，民间还有洗菊花浴、睡菊花枕的习惯。

晋朝陶渊明爱菊，他写过的咏菊的诗句"采菊东篱下，悠然见南山"，至今脍炙人口。

唐朝白居易有诗云："满园花菊郁金黄，中有孤丛色似霜。"菊花也渐从饮食之用向田园栽培过渡，半饮食半观赏。公元 8 世纪前后，作为观赏的菊花由中国传至日本。17 世纪末，荷兰商人将中国菊花引入欧洲，18 世纪传入法国，19 世纪中期引入北美。从此中国菊花遍及全球。

宋朝栽菊技术进一步提高，菊花品种又有所增加，菊谱也多了起来。李时珍的《本草纲目》和王象晋的《群芳谱》对菊花都有较多记载。

清朝关于菊花的记载日益增多，有多本菊花专著，文人中画菊题诗蔚然成风，中国菊花也开始传入欧洲。19 世纪英国植物学家福穷曾先后在中国浙江的舟山群岛和日本引入菊种，并进行杂交育种，而形成英国菊花各色类型。不久，菊花又由英国传至美国。从此，这一名花遍植于世界各地。中国的栽培菊花，也就成了今天西洋菊的重要亲本。

民国以来，菊花品种大批失散。解放后，随着园艺事业的发展，菊花栽培技术也有很大提高。杂交育种、辐射诱变、组织培养等新技术，不仅提高了菊花的生产质量，使品种数量剧增，而且提高了菊花的观赏价值。据不完全统计，我国现有菊花品种 7000 种以上。

1960 年 12 月 10 日，中国邮电部发行一套菊花特种邮票，邮票志号

"特44"，全套共计八枚，至1961年出齐。这套邮票由刘硕仁设计，邮票图案由画家采用国画形式手工绘制，其中就有修水的皇菊。

皇菊原产于修水县。"南山有菊，于采其英。谁从汝往，视我悻悻。伊时之人，谁适有比。不与我谋，不知其已。"相传深秋时节，少年时的黄庭坚与一群在私塾读书的同窗结伴秋游，沿溪而上，突然发现一片金灿灿的野皇菊，遂采一捧带回家放在书桌上。夜读时，他闻到一股清香的菊花味，顿感耳目明亮，头脑清醒。可两日后花便谢了，其母将花瓣摘下，当茶泡给他喝，没想到浓香扑鼻，入口甘甜，韵味无穷。黄庭坚自此对皇菊情有独钟，经常采摘馈赠亲友。其好友苏轼更是为此菊花咏出许多千古名句，流传至今。

修水皇菊个儿大，花型饱满，生长要求高，采庐山之灵气，汲幕阜山水之精华，具有超凡的天然品质，纯绿色饮品。其口感清香甘甜，沁人心脾，汤色金黄而明亮。用透明玻璃器皿放一朵干花冲泡最佳，既能品饮，又能欣赏花在杯中绽放的美感。饮此菊有一泡、二赏、三闻、四品之阶。

一是泡：用沸水冲泡一到两分钟，金色菊花在杯中绽放，艳黄花瓣在水中荡漾，水中的颜色就会渐渐酿成微黄色，通透清澈，淡淡的菊香赏心悦目，令人着迷。

二是赏：菊瓣入水，亮黄顷刻间弥漫开来，晶莹透亮，浸泡时间越久，亮黄汤色不减一分，有效成分易溶于水中，花朵久不褪色，在杯中更加娇嫩。

三是闻：香味浓郁优雅，沁人心脾。

四是品：轻啜入口，清而不浊，和而不猛，浓香入肺，唇齿留香。但不要一次喝完，要留下三分之一的茶水，再续上新水，泡上片刻，而后再喝。

由于菊花有食用、饮用、药用、观赏之用，修水民间素有饮菊花茶的习俗。大多数人家都种植一小块菊花地，以备家用。

随着人们生活水平的提高，市场需求量不断增大，消费者对茶类饮品也有了更高要求。2015年开始，修水县委、县政府审时度势，因势利导，利用菊花"短平快"、茶叶"长稳高"的经济效益特点，长短结合，通过"政府扶持、企业带动、农户参与"的形式，将茶（菊）产业作为脱贫攻坚的主导产业予以大力扶持，长短结合，积极引导，扶持企业和贫困群众种植、加工、销售茶菊，带动全县茶业生产良性发展。村村有产业，户户有项目，人人有收入。2020年4月26日，全县133个贫困村全部实现整村退出，贫困发生率由2014年底的11.9%下降至2019年底的0.54%。

修水结合近年来茶菊产业在国内外市场打下的基础，安排县茶科所（茶叶办）作为主抓机构，茶叶协会、菊花协会作为协调组织，在茶产业精准扶贫工作领导小组统一指挥下，合力推进茶菊产业脱贫攻坚，因地制宜、因户施策，制定了《关于推进茶产业精准扶贫的工作意见》。全体茶业技术人员按照"工作到山头、服务到基地、指导到农户、联系到企业"的责任联系机制，采取"分散与集中""外引与内联"相结合的方式，对涉茶贫困户、农业致富带头人、扶贫示范企业进行实地指导，课堂培训，引导了一大批贫困户参与茶菊产业发展。

修水在注重发展茶菊基地规模、茶菊产品产量与品质的同时，更加注重茶菊产业品牌建设。一是根据茶产业见效慢、投入大、收益长、效益高的特点，在大力支持茶园规模化种植的同时，积极引导鼓励贫困户以多种形式发展茶叶基地建设，开展了"菜地茶""樱花茶""两茶（油茶茶叶）套种"等种植模式试验。二是编印了《菊花生产技术操作规程》等科技丛书，为品牌建设打好"质"的基础。三是多渠道多方式宣传推介，积极组织茶菊企业参加全国各地农博会、茶博会、绿博会。修水茶菊企业通过京东商城、阿里巴巴、微信客户端等，多渠道搭建电商营销网络，每年通过电商平台销售达2亿元以上。

2020年，全县种植菊花面积约2.1万亩，初步统计鲜花产量9000吨，鲜花产值约1.8亿元，加工后干菊花综合产值约4.5亿元。

目前，修水县在国内大中城市均设有茶菊产品销售专卖店，在台湾和香港有销售网点。同时，茶菊产品已销往美国、日本、韩国、俄罗斯、新西兰、意大利等十二个国家。

菊痴：黄烈伟

秋丛绕舍似陶家，遍绕篱边日渐斜。

不是花中偏爱菊，此花开尽更无花。

黄烈伟爱菊花，不但爱其品质高洁、端庄优雅，而且爱它无私奉献，为千万农户脱贫致富创造巨大的经济效益。

黄烈伟1970年10月出生于征村乡横坑村一个普通的农民家庭，1986年上了半年初中后便辍学在家。父母决定让他去学门手艺。"那个时候，在村子里能养家糊口的木匠算不错的。被请到谁家干活，主家一般都会招待好吃好喝的，完工还领到一份工钱。"黄烈伟回忆说。他就让父母帮忙找了个木匠师傅学手艺。当学徒、做木匠其实也特别要吃苦受累，但自己觉得有了门手艺到哪都不愁没饭吃。那时候，黄烈伟特别勤快，一有空闲还会带上柴刀上山砍柴卖。

20世纪90年代，同村的一些同龄人大多选择外出打工，而像他一样在家做手艺的很少。1993年，黄烈伟的表哥正好在上海发展得不错，并邀他到上海做木匠。黄烈伟"自己也非常渴望了解外面精彩的世界"，便背上行囊，来到上海和表哥一起打拼。干着干着他发现，上海的建筑行业正在兴起，市场需求量大，他开始学着做门框、装门等各种装修方面的手艺。一年后，他开始自己承包装修活。由于做工精细，服务又周到，他的客户越来越多，人脉也越来越广。1999 年，因父母年事已高，自己不宜再出远门，黄烈伟看准江西房地产市场的前景，就在南昌创办江西联众福装饰工程有限公司。2006 年，他又在南昌创办江西佳欣荣家具厂。

修水是一个好客的地方，待客的茶也不能是白开水，最起码要有茶叶、菊花、芝麻，热情好客的还有茶芎（川芎）、黄豆等。其中，菊花是经常饮用的。每到秋季，各家会采了鲜菊花，摘了花蒂，用盐腌在坛中，可以管全年待客使用。

南昌离修水不远。黄烈伟离家时，喜欢带一瓶瓶盐腌的菊花给南昌等地的朋友做礼品。朋友们泡了，喝得有滋有味，只是最后忘不了说："好喝，咸了，如果不用盐腌就更好。"次数一多，黄烈伟记在心中。

菊花不用盐腌行不行？黄烈伟是一个爱琢磨的人，为了解开疑问，他利用回修水的机会，多次实地走访菊农。

菊农回答："菊花不用盐腌根本不能保鲜，摘下来隔天不处理，颜色就发黑，还会散发一股腐烂味道。"

黄烈伟不罢休，接着问："能不能把采摘的鲜菊花烘干呢？"菊农不耐烦了，抢白一句："柴火那么旺，菊花一碰到火就焦了，不信你试试。"说完，丢下黄烈伟忙自己的去了。

又问了几家，大家都认为菊花烘干是难题，解决不了。

黄烈伟还了解到，因为菊花保鲜技术不到位，菊农根本不敢多种，每逢菊花上市，每斤只能卖几毛钱，亩产值比种水稻还差，大家种菊花的积极性不高。

黄烈伟盯上了修水本土黄菊，朵大，大过酒杯口；花型丰满，层层叠叠，雍容华贵；香气浓郁，幽深高远。他了解过这种菊花是本地千百年流传下来的品种，深受大家喜爱，于是他萌生了"在家乡搞个农业项目，带动乡邻一起致富"的想法。

黄烈伟变成一个菊痴了。

他惦记着家乡的黄菊，琢磨着把它加工为高档产品。

菊花一定能烘干，黄烈伟告诉自己。因为他到商店，到超市，将买来的杭白菊、黄山贡菊等产品进行过无数次的分析研究。

黄烈伟是一个做事专注的人，他既然决定发展黄菊产业，就毅然放弃南昌的家具产业。朋友们听了，都劝他三思，认为他在家具行业有人脉，有市场，来钱快，种黄菊风险大、市场容量小，要重起炉灶。黄烈伟诚恳解释："菊花饮品市场基本成型，我要做的只是比他们做得更好，更有特色。"

他的底气来源于他看中的黄菊，无数个晚上，金黄的菊花盛开在他的梦境中。

2009年，三台菊花烘干机发到了修水。急不可待的黄烈伟按照要求调试好，通电，机器轻微颤动。黄烈伟兴奋地端起一盆金灿灿的黄菊倒入机器肚子里。经过数十个小时的等待后，菊花出炉，紫红色，蔫蔫的，活像经霜后的菊花。黄烈伟没灰心，倒进第二筐菊花，还是失败。一筐筐新鲜的黄菊进炉，一盘盘烘坏的干菊出炉，在经历十天十夜的痛苦实践后，金灿灿的干黄菊呈现在他的面前。黄烈伟小心翼翼地捧起一把，凑到鼻子前久久嗅着……

他舍不得喝自己加工的黄菊，把它们分成一包包寄给朋友，告诉他们，无盐的黄菊被自己生产出来了。

从 2013 年至今，修水金丝皇菊在全国各地举办的茶博会、绿博会、农博会中获得金奖，其中由修水县金丝皇菊农业开发有限责任公司选送的东浒寨金丝皇菊入选"2016 年中国百强农产品好品牌"。

最终孕育出这家名为"金丝皇菊"的农业开发有限责任公司。该公司一期投资引进金丝皇菊精深加工生产线，集金丝皇菊种植、加工、包装、销售于一体。项目还成立了菊花专业合作社和种植技术协会，由公司提供菊苗和技术指导，带动农民种植菊花。目前，该项目在征村乡横坑、洲上、上艾、黄荆洲、征村村发展合作社会员近 200 户，正以"公司＋合作社＋农户"的模式促进形成金丝皇菊栽培、加工、生产的产业链条。

黄烈伟的金丝皇菊产业越做越大。

他成功的关键是抓品牌建设。

首先是抓金丝皇菊品牌。他只生产金丝皇菊，以修水本土黄菊作为母本，精心培育，生产出花型硕大、颜色金黄、香气淡雅的金丝皇菊品牌。他的定位是一朵花泡一杯茶，一朵花售价不低于 4 元。

2010 年，他建设的 60 亩无公害金丝皇菊基地，售出 200 万朵菊花，产值近 1000 万元。

这个消息一传出，许多搞农业开发的甚至是开发房地产的人，纷纷找到黄烈伟，希望他提供种苗、技术，支持自己种菊花。黄烈伟说："市场不是一个人能够打开的，你们愿意种菊花是对我的帮助，柴添得多火才旺，种菊花的越多市场才越大，名气才越大。"他大规模培育金丝皇菊秧苗，深入田头地角指导技术，热心联系厂家购买菊花烘干机器。至 2013 年产品已畅销全国，并在全国各地都有经销商。公司成功注册"东浒寨金丝皇菊"和"东浒寨"两个商标，还成立南昌东浒寨产业销售有限公司和深圳金丝皇菊招商部。公司成立以来，黄烈伟已受邀在山东、河北、山西、广东、北京、上海等省市连续参加百余个茶业展销会，产品在韩国、新加坡、马来西亚、日本及中国台湾、香港等地都有销售。金丝皇菊还先后荣获第三届"国饮杯"全国茶叶评比一等奖、第五届中国东北（沈阳）国际茶文化博览会茶叶类金奖等30余项荣誉。

黄烈伟非常重视市场营销。他常说："我们的金丝皇菊不能盯着修水看，要风风光光地把它推向全中国、全世界。"他这样说，也这样做。他充分利用以前的人脉，每年金丝皇菊上市，就给天南地北的朋友寄产品，许多朋友成了他的忠实顾客和热心推销员。他抓住各类博览会、展销会的时机，带着产品参展、推介，跑得最远的是2015年意大利米兰世博会，凭着优越品质获得意中联合馆指定产品金奖等多项荣誉。他热心公益事业，如修水纪念黄庭坚九百七十周年诞辰，他赞助10万元，赞助电影《泰山石敢当》摄制组30万元。

2017年，经朋友介绍，他联合中国诗歌流派网、诗潮杂志社、汉语诗歌协会，成功举办"金丝皇菊杯"全球华语网络诗歌大赛，并在金丝皇菊原产地修水举行了颁奖典礼，还成功举办首届中国修水金丝皇菊文化旅游节。

参加典礼的来宾说："这是一个文化与产业双赢的盛会。"有的说："修水不但盛产金丝皇菊，而且盛产诗歌，我深深地爱着它。"

"接下来，我希望修水的茶农、茶企能'抱团发展'，真正把茶产业做大做强，让修水这朵菊花走出江西，名扬全国。同时，带动更多乡邻致富。"漫步横坑村的田埂间，黄烈伟畅谈自己的发展计划。耕植希望的田野，黄烈伟对未来充满信心。

2018年11月20日，由修水县菊花协会申请注册的"修水金丝皇菊"正式获得国家知识产权局颁发的商标注册证，成为地理标志产品。

修水县菊花协会会长周德清介绍，地理标志证明商标从法律层面确定了金丝皇菊原产地是修水，对品牌、产地保护起到很好的作用，对今后全县菊花产业发展也将起到更加有利的促进作用。

分宁皇菊

秋冬交替之际，一大片金黄的菊花在阳光下绽放，热烈的色彩仿佛要溢出来。

我对皇菊的钟情缘于陶渊明的"采菊东篱下，悠然见南山"。从诗文里我似乎看到了菊的傲然风骨，看到了诗人浪漫而悠然的心境。

自古以来，中国的菊文化就斑斓多彩。物竞天择，适者生存，菊花便是这大千世界的骁将或仙子。皇菊因为有了"皇冠"，也就独领鳌头。

我想，诸花之中，大概也就皇菊最有一份禅心了。在修水的古老寺庙中，我们经常会看到皇菊。有的摆放作为饰品，有的泡在茶杯中。它所具有的清气、正性和苦涩、幽淡，正是那些有自己内心追求的禅师梦想达到的境界。

皇菊也就成了花之隐逸者也。空无之境，因淡定空无而归隐，因归隐而越发淡定与宁静。一个人的情感，也该是这样，隐在时光之后，一点点褪色，慢慢让内心走向宁和。

皇菊在历史的发展中变得愈加通透起来，拥有极为鲜明的地域特征。

冬枯春发，春天的时候，拔几棵小皇菊苗放进包里，回家栽进精致的花盆里，早晚浇水，叶子还是萎谢。到底没栽活，它有自己习惯的土壤，习惯并不稠厚的阳光；它有自己的场，它懂得坚守与摒弃；它坚守淡处见真的土壤、空气、阳光与水，它摒弃种花人浓情厚意的庭院侍弄。

这些年，我逐渐喜欢上了分宁的皇菊。每年冬天来临之前，随朋友到征村乡的皇菊产地，这样既能在山水间徜徉，又能带回我喜欢的皇菊，是一件大美的事情。

分宁皇菊精选花朵大小均匀的原料，经采摘、烘焙，塑托包装，保证了花型完整。其花瓣金黄艳丽，叶底晶莹剔透，如玉似珠。放一朵皇菊于沸水中冲泡1至2分钟后，其汤色鲜亮通透，饮一口，滋味甘甜醇厚。其味甘性凉，有清热祛风、明目解毒之功效，还能增强毛细血管的通透性，发挥良好的抗炎作用，增强体质。

平和温暖的声音，挺括的黑色西装，举手投足温文尔雅，无不透着茶人独有的气质。在江西茶界，"黄金"这个名字享有一定的知名度。

十年前，黄金偶然发现分宁皇菊几近灭亡，菊市上几乎没有了"皇菊"品牌，钟爱皇菊的他，决定辞去征村乡横坑村副书记，投资200万元注册成立"九江市尚农农业开发有限公司"，专注从事菊花种植、加工、研发和销售，致力于研发具有饮用、食用、药用、观赏等用途的菊花产品，走优良品种培育、规模种植和深加工一体化的发展模式，并注册了"分宁"商标，打造"分宁皇菊"品牌。他有将原属我国的菊花良种发扬光大之决心。于是他闭关两年，通过无性繁殖培育种苗，将叶片做成培养基，刻苦钻研，有花不惊人誓不休之毅力，终于破解了大头菊的密码。正是：苗种何来莫问由，可知沃土有神州。存优去劣层筛选，花不惊人誓不休。

黄金的分宁皇菊品牌，一度被传为佳话。分宁皇菊多次在国内菊展上与黄莲羹、紫凤牡丹同时亮相，成为一道耀眼的风景。

从最初创立"分宁皇菊"到现在，黄金几乎耗尽了自己的青春。

一头的黑发，掉得所剩无几。他为了发展"分宁皇菊"，还辞去了乡村干部的职务。因为在他的心里有着一面明亮的镜子，一个产业是可以实现地方繁荣的。

黄金所走的每一步都从容淡然、遵从内心。谈及未来发展，他充满自信，希望能用10年的时间将自己培养成一个真正的茶人，不急不躁。

青钱柳神茶

在创作《中国宁红》的时候，我接触到了一种新茶——青钱柳神茶。

应该说，这是修水茶叶发展史上一种重要的茶，纵观全国，其他地方也有少量的青钱柳，但像修水这么密集的非常罕见。

修水是青钱柳的故乡。

青钱柳，别名摇钱树、麻柳、青钱李、山麻柳、山化树。这种树果翅圆形如钱，色青而柳叶下垂，因而被称为"青钱柳"；起风时，摇落果实的形态像落铜钱，所以又称"摇钱树"。

相关史料记载，青钱柳是第四纪冰川期幸存下来的珍稀树种，仅存于中国。青钱柳被誉为"植物界的大熊猫"，被医学界誉为"第三棵树"。

另外两棵分别是柳树和红豆杉。柳树是医学界的"第一棵树"，产生了阿司匹林，消炎杀菌、抗血栓，是人类健康史上的第一次变革。红豆杉产生了紫杉醇，防治癌症和肿瘤，被医学界视为20世纪最伟大的医学发现。继心脑血管、癌症、肿瘤之后，高血糖现已成为人类的第二大杀手，青钱柳成了医学界的"第三棵树"。

青钱柳主要生长在修水境内，呈零星分布。

第四章 此花开尽更无花

从修水县城驱车前往一个叫杨家坪的地方，有50多公里的路程，需要一个半小时左右。再弃车步行十多里的山路，便到了一个叫乐家山的地方。一路上空气清新，绿树成荫。不是亲眼所见，谁都不会相信，江南最大的青钱柳群落隐藏在这深山老林中，已繁殖千年。

山涧中的石头上长满了厚实的青苔，山泉滴落在青苔上，很快就变成了绿色。

乐家山罕见的青钱柳林群落，高低起伏，夹杂在茂密的丛林中，在微风的吹拂下泛起一层层浪花。其中，三棵足有30余米高的树王，需要两个人才能抱得过来。在三棵树王的不远处，有一处唐朝时期的遗址，在见证着青钱柳成长的同时，也说明，在古代青钱柳和人们的生活并没有距离。

据《修水县志》记载，修水民间用青钱柳叶当茶饮用已有二百多年的历史了。清朝乾隆年间，修水县桃坪乡一名叫何绍启的药师上山采药时发现几棵大树的叶子味道很甜，泡出来的水甘甜爽口、气味清香。于是他将采摘回来的青钱柳，分发给亲朋好友泡水服用。后来邻里乡亲和当地寺庙和尚，把青钱柳作为一种代茶饮，渐渐地又成了村民的一种代茶饮。因其甘甜清香，遂称"甜茶"；久之，又因其能生津解渴、强身健体，当地村民便称之为"神茶"。

青钱柳还有一个好听的别名叫"青钱李"。"青钱李"有一个美丽的传说。相传很久以前，有个老乞丐一路乞讨来到修水县的一个村子，饥寒交迫，病倒在路边，不省人事。这时候，村里一个姓李的年轻人将老乞丐背了回来，悉心照料，老乞丐很快恢复了健康。一段时间后，老乞丐决定离开村子，临行前，他对李姓青年说："小伙子，我没什么送给你的，在你家后山上我种了一棵树，它能保佑你和全村人的健康。"

老乞丐离开村子没几年，小树就长成了大树。后来，有一次，年轻人病了，吃了很多种药不见好转，他突然想起老乞丐的话，于是就让人帮忙到后山，在老乞丐种的那棵树上摘了些叶子回来煎服。神奇的事情出现了，年轻人喝了这种"药"，病神奇般地好了。消息很快传遍了全村，村民们都说这是观音菩萨下凡造福苍生。后来，村民们把这棵树当作树神给供奉起来，在树下盖起了石头屋子，不时给树祭拜，并称这棵树为"青钱李"。

树的形象往往是被文人赋予品格的，成为寄托着精神文明的象征。这个故事却是真实的，在宋朝时期分宁县（今江西修水）名医冷寿山就发现了青钱柳的神奇药效。冷寿山出身于儒门，进士落第后便放弃功名而从事医学。他熟读《黄帝内经》《神农本草经》《伤寒论》等医书名著，尤笃好仲景之书，研究精深，并遍访各地精于医术之人，其医术高明，远近闻名！当时，冷寿山的表弟徐俯乃朝廷重臣徐禧之子，是宋朝著名的诗人，表兄弟间常有书信往来。冷寿山托人给徐俯捎去一些甜茶，并在信中介绍此茶非普通的茶叶，具有消渴生津、扶正祛邪等功效。徐俯收到甜茶后即取出些许冲泡，细细品味，觉得这茶与平素所饮之茶迥然不同，不仅有一股特别的清香，还清甜爽口，生津提神，甚为高兴，遂邀夫人吕氏一同品尝。吕氏饮后赞赏不绝，于是又将此茶送给其父吕惠卿。吕惠卿曾官至参知政事，因朝廷纷争，吕惠卿不堪重负，加上平素恣意肥甘厚味，又少活动，染上了严重的消渴病。吕惠卿听女儿说此茶能消渴生津，便日日饮用，服用两个月后，其口渴喜饮、多食易饥的病症全部消失。吕惠卿欣喜万分，便在其已撰写完成的《建安茶记》扉页中又特别写下：洪州分宁有树，其叶味甜，清香可当茶饮，能生津解渴。可见，如果不是这甜茶，很难设想身患严重消渴病的吕惠卿是否还能活到近百岁的高龄。正因如此，徐俯又将这茶带给了远在宜州（广西宜山）的舅舅黄庭坚。

黄庭坚收到家乡寄来的甜茶欣喜万分,邀请宜山寺诸禅师一同品茶。后来有流传至今的《寄新茶与南禅师》:"筠焙熟香茶,能医病眼花。因甘野夫食,聊寄法王家。石钵收云液,铜瓶煮露华。一瓯资舌本,吾欲问三车(三车:菩萨乘、声闻乘、缘觉乘)。"

在20世纪70年代,修水青钱柳已有一定的名气。江西省农业科技人员徐卿和舒惠国听闻后决定到修水考察,意外发现深山区的村民长期有饮用"神茶"的习惯,于是将采集的"神茶"标本送至庐山植物园鉴别,确定了村民所饮用的"神茶"就是青钱柳。

很快徐卿和舒惠国做出了一个大胆决定:组成课题组研发"青健茶(神茶)"系列产品。在那个科研设备相对落后的年代,想要研发一项产品,需要足够的勇气和胆识。虽然树立了目标,干的却是一件看不见摸不着的事情。"科研就是在不断探索中取得希望的。"对于徐卿和舒惠国来说,这显然是一个挑战。然而,要想见着一丝希望,就得付出巨大的努力。就在徐卿和舒惠国摸黑前行时,前面突然迎来了光亮。1979年,青钱柳被列为江西省科技"七五"规划攻关项目。"青钱柳神茶"名气很快就传遍了大江南北。

如何更好地开发利用好青钱柳资源,让"青钱柳神茶"更好地走向市场?1989年,修水县政府决定在国营三都垦殖场内建立江西省青健茶精制厂。1990年,试产的青健茶(神茶)正式推向市场,获得了良好的经济效益和社会效益。

1993年,修水县政府在江西省青健茶精制厂基础上,组建国企江西省修水神茶集团公司。

"青钱柳"始终在研发中,不断地取得响亮的成果。1997年至1998年,修水神茶集团公司先后研制成功以青钱柳叶为主要原料的降糖神茶(现更名为"青钱柳牌"迪可莱茶)、降压神茶(现更名为"青钱牌"

普莱雪茶）和减肥神茶（现更名为"俏格格牌"素丽美茶）三款保健产品，均获卫生部颁发的保健食品批准证书。

1995年，日本商人本川在日本广岛注册成立株式会社神茶园，代理修水神茶（集团）公司产品在日本的销售，产品正式命名为"青钱柳神茶"。

1998年，由日本医学博士足立和保主编的《糖尿病的治疗》出版发行，全书通篇介绍修水青钱柳对糖尿病的治疗功效。

2000年德国也出版了《青钱茶》一书，专门介绍修水青钱柳。

根据市场的需求，2005年国企改制，江西省修水神茶集团公司改制后，成立江西省修水神茶实业有限公司。修水神茶实业有限公司在原有的三个以青钱柳叶为主要原料制作的保健食品基础上，又先后推出了青钱柳茶、青钱柳叶袋泡茶和以青钱柳叶为主要原料制作的青钱甘蒲茶、青钱百玉果茶、青钱山萁茶、青钱花叶茶、青钱姜香茶、青钱明果茶、青钱凉茶等十多款青钱神茶新产品。修水神茶青钱柳系列产品获得"国家原产地标记保护"。

"青钱柳神茶"系列产品不但畅销国内市场，还远销日本、韩国、新加坡、马来西亚和德国、俄罗斯、荷兰、美国、澳大利亚等，与十七个国家建立了贸易伙伴关系。近十年来，年产品销售总额均超过亿元。

2015年，文燕主编的《神奇的青钱柳与糖尿病》由军事医学科学出版社出版。这是一部理论与实践相结合的书，成为医学和科研的重要教材。

青钱柳渐渐地有了属于自己的"名分"，这种"名分"是时代发展所赋予的，属于修水这块土地，也属于修水的人民。

文燕与"青钱柳神茶"

一个人的命运，有多种可能，文燕的命运在与"青钱柳神茶"相识后就紧紧地捆绑在了一起。

1992年，文燕东渡日本留学，在勤工俭学时发现，日本一些百姓都在饮用一种来自中国的"神茶"。一位日本老人建议文燕暑期回国时，在中国代购些神茶带到日本来。文燕回国后，几经周折却未能找到所谓的"神茶"。因为日本人所饮用的神茶包装上，没有标识产地和地址，大概也是请人从中国民间买来的，这种渠道一般很难打听得到。文燕失落地回到日本，她的心里空荡荡的。但她的眼前时常会浮现"神茶"生长的样子，仿佛某座大山的角落，一大片一大片的。想到这，她的内心就开始汹涌澎湃。

1996年，文燕从日本留学回国。起初她打算帮姐姐打理一家酒楼，没多久，这个念头就烟消云散了。她有着一颗敢闯敢拼的心，想干一番事业。再三考虑后，她决心创办北京东方科文科技发展公司，这个公司一开业就赢得了市场。

就在公司走上正轨的时候，一次偶然的机会，她和一位修水的朋友聊天时，无意间听到了修水"神茶"。她的心头为之一振，她怎么也没有想到，自己苦苦寻找多年的"神茶"，原来就产于自己身边朋友的故乡。在朋友的帮助下，文燕有了第一次修水之行。实际上，这时的修水"神茶"已成立了专门的经营公司。

文燕记得，当时父亲刚刚诊断患有糖尿病，她到修水后，将修水民间传说能治疗糖尿病的"青钱柳神茶"带回去给父亲试用。让她意外的是，一个月后，父亲的糖尿病有了明显好转。

后来文燕特地将产品拿到科学院的研究所去检测，并没有发现任何西药的成分。可那时，江西省修水神茶集团公司正处在一个尴尬的境地，可以说是如临深渊。一些人开始冒用"神茶"包装制假贩假，导致产品被曝光。"青钱柳神茶"差点重蹈宁红茶覆辙，企业即将面临倒闭。

2005年8月，文燕多次到修水实地考察后，决定投入资金买下江西省修水神茶集团公司70%的债权，重新组建江西省修水神茶实业有限公司。这是一个大胆的决定，"宁红"所经历的坎坷命运，证明一个品牌从衰败到兴盛需要一个较为漫长的过程。但文燕并不这么想，在她看来，"青钱柳"有它的命运。最重要的还是文燕对"青钱柳"的认识，她认为"青钱柳"有它的市场价值。

企业刚组建成，文燕就病倒了。可她还是顽强地带领团队千方百计地处理客户的投诉，尽力消除曝光后带来的负面影响。

可以说，"神茶"是在文燕手里起死回生的。在回忆起与"神茶"的结缘时，文燕说，这是一个人内心的情感。只有以沉默的方式，深藏不露，才可能会显山露水。

2011年，在上海举办的国际茶叶博览会上，修水"神茶"获得了保健茶类金奖。也就是在这一年，修水"神茶"还拿到了荷兰卫生部的检测认可，为其在欧盟市场的销售拿到了一张绿色通行证。

文燕常言："茶有千千道，茶香会告诉你，何为人，何为商。"在茶道中行商道，在责任中谋发展。企业发展的同时，文燕深信社会责任与企业发展共生，具有社会责任感的企业才能做强做大，而企业及企业家反哺社会、带头履行企业的社会责任应是一种自觉行为。

文燕说："在未来的规划中，冲剂胶囊类保健产品、国家一类新药、健康饮品，'修水'神茶将致力于打造世界三高人群的健康饮品品牌。"

修水"神茶"的成功,令文燕更加注重回馈社会。近年来,她经常出现在公益组织现场,参与抗震救灾,加入灾后重建,资助贫困大学生,为中小学免费提供《弟子规》用以弘扬传统文化。

第五章　在路上
——宁红茶人的故事

宁红保健茶的崛起

江西省宁红集团公司（简称"宁红集团"）是一家集开发、生产、销售于一体的综合性国有企业。

说到宁红集团，首先得从1950年创办的江西省修水茶厂说起。涂翌利这个名字，后人是从《修水茶厂志》里知道的。涂翌利在江西省修水茶厂担任厂长时是20世纪90年代初期，历史不算太久远，很多与他共事的部分老职工还在世。可要全部寻找到他们，实在是件不容易的事情。

那天，我到修水县茶叶协会查找史料时，吴东生会长不在办公室。对了，特别交代一下，吴东生还兼任修水县茶叶协会的会长。他主要是研究和推动修水茶叶发展，因此在修水县茶叶协会有他专门的办公室。涂翌利是江西省修水茶厂的最后一任厂长，他的任期至1991年。那么，接替他的人又是谁呢？当时的江西省修水茶厂是怎样变身为江西省宁红集团公司的？我决定专门找吴东生再做更深入详细的了解。

1990年，市场经济大浪袭来，修水茶厂没有跟上时代的步伐，依旧沿袭着过去的经营管理体制。企业管理混乱，年年亏损，甚至濒临破产边缘。

第五章 在路上

"这年，恰巧钟利贵担任修水县委常委、政府常务副县长，就想着将江西省修水茶厂升级为集团公司，这也是企业发展的必然要求。"吴东生说。

"我们要利用好老祖宗的品牌，创新一套适应市场的产品。打破传统计划经营模式，转换企业经营机制，开发适销对路的新产品，是企业冲出经济低谷的有效途径。"钟利贵把涂翌利叫到办公室时，涂翌利小心翼翼地坐在他对面的椅子上，按年龄，第二年他就得退休了。

一般情况下，一个即将离开的企业厂长，最多是做好企业的稳定工作，涂翌利是个有想法的人，他想着的是在任一天就得把这一天的事干好，还得站好最后一班岗。钟利贵也就是看中了他骨子里所隐埋的这种大公无私的精神，也就与他有了一次推心置腹的长谈。谈的什么内容呢？从头到尾都没有谈及个人的事情，更没有半句难言之隐。而是分析企业的发展前景，如何推出新的品牌。

涂翌利可谓临危受命，参与到困难重重的茶厂升级中。"别人都巴不得丢弃这个'烂摊子'，他怎么愿意呢？"我问。"本可以安度晚年了。可涂翌利没有这样选择。因为他从小喝着宁红茶长大，怎么能让宁红就此没落呢？"看到我眼里的疑惑，吴东生如此回答道。

涂翌利在钟利贵的支持下，不久就上演了一场大刀阔斧的改革大戏。涂翌利清醒地认识到，吊死在一棵树上，靠经营传统的老产品，企业是没有出路的。要想企业重新起航，就得重新塑造品牌，开发新的产品。涂翌利组织员工大胆走向市场。首先，他们进行了详细的市场调查研究，确定产品开发方向，做到有的放矢。在调查过程中，他们收集了四方面的市场信息：一是市场开发方面的信息，包括各个市场的布局、规模、发展变化、趋势和潜力。二是竞争者方面的信息，主要是指各竞争企业和竞争产品，如竞争企业及产品的规划地理位置、促销方式、分销方法、改进现有技术和设备计划，其产品、质量、价格、成本、利润情况；三是用户方面的信息，包括用户使用产品的动机、购买行为、使用环境和使用条件，对产品的功能可靠性、安全性、寿命造型等方面的要求，对售前和售后服务的要求，对产品价格的要求；四是新产品开发方面的信息，主要是各自科技情况。通过详细的调查论证，宁红集团看到了大力发展宁红保健茶的有利条件，宁红保健茶属于中药材饮品，含有多种对人体有益的营养成分；消费者对茶叶要求是简便化、多功能化、系列化、快速化，"宁红保健茶"系列产品符合潮流。宁红集团将大力开发"宁红保健茶"系列作为主攻项目之一。在开发过程中力求做到产品功能设计要符合消费者的生理要求；产品造型要符合消费者的审美要求；产品个性设计要符合消费者的个性特征，产品设计适应社会时代潮流。

涂翌利是个憋着蛮劲干事的人。他很快就启动了试制"宁红保健茶"系列产品工作。"宁红保健茶"系列产品即宁红保健减肥茶、强力茶、清暑茶、抗感茶、咳咛茶、葆春茶。宁红保健茶产品技术开发及茶叶、医药、工程技术等多种技术领域，涉及面广、工作量大。宁红集团尽管是一个老厂，茶叶加工技术队伍力量较强，但在新产品开发方面的条件还不够完备，缺少技术所必须的仪器设施。为了克服技术开发盲目性，提高产品开发有效性，达到开发一项、见效一项的目标，涂翌利采取了"借鸡生蛋"的技术开发模式。通过挂靠科研单位，宁红集团和上海中医营养食疗研究会建立一种互惠互利、共担风险的协作关系。他们聘请有权威有名望的专家教授担任技术顾问。合作方式有委托开发、成果转让、技术咨询等三种方式，联合开发的技术有"宁红保健茶"系列加工技术，其工艺参数、加工设备、检测手段及设施、包装设计等技术基本定型，适应大规模生产需要。要使"宁红保健茶"系列星火

第五章 在路上

计划项目取得成功必须依靠广大干部职工的共同努力，涂翌利充分调动全公司干部职工的积极性、主动性、创造性，把大家拧成一股绳，形成一股劲，共同攻克技术开发难关。宁红集团以企业内部制度改革为依托，将企业带入一个按照竞争机制、激励机制和约束机制运转的全新环境。多数职工对这种改革表现出满腔热情，但也有相当一部分职工存在各自消极心理，主要有自卑心理、焦虑心理、失落心理、怀旧心理、求稳心理、雇佣心理、担忧心理、抵触心理等。为保证这个星火计划项目的顺利实施，宁红集团切实加强职工干部思想政治教育，消除干部职工消极心理，更新他们的观念，对职工干部着重强调"市场是企业第一线，质量是企业生命，用户第一，一切服从于'宁红保健茶'系列产品开发，干部能上能下，能进能出，全厂一盘棋，上下一条心"的观念，树立竞争意识、市场意识、信息意识、质量意识、人才意识、超前意识、规划意识等。其次是理顺"宁红保健茶"系列产品的开发、生产、销售关系，加强"宁红保健茶"的生产经营管理，致力于开拓市场，参与竞争，取得效益。为此，集团对行政职能关系进行了调整，强化"宁红保健茶"经营管理职能，设立了"宁红保健茶"系列产品开发中心，负责中药材的购进保管、广告宣传的统一策划与管理，保健茶的销售、调拨、中转等工作。设立了新产品开发科，负责"宁红保健茶"的配方与拼配"宁红保健茶"第二代产品等开发工作。再次是对"宁红保健茶"系列技术开发，在人力、物力、财力上实行政策倾斜。对负责"宁红保健茶"星火计划项目实施的"宁红保健茶"系列产品的开发中心实行权力下放。该部门享有生产经营自主权、干部任免权、人事用工权、奖金分配权、生产行政指挥权、资金财产使用权等权力。在人事权上，凡是该部门所需要的技术管理、经营人员，集团都予以开绿灯，全公司抽调45名中层干部充实到开发中心，形成一支精悍的技术开发队伍。该部门率先推行三项制度改革，在人事制度上打破了干部终身制和干部与职工的界限，从上到下实行聘用制，层层优化组合，择优上岗，做到能者上、庸者让、平者让，创造一个人尽其才、才尽其用的良好环境。为了保证三项制度的顺利改革，集团在全公司范围也推行三项制度改革，制定了集团用工制度改革的试行办法。为了克服平均主义，打破大锅饭，奖勤罚懒，调动职工积极性，在分配上全方位向茶叶生产、销售一线倾斜。集团对开发中心实行经济承包，开放中心对各销售点、车间也实行经济承包，从而形成了一种横包到面、纵包到底的承包网络。此外，对"宁红保健茶"销售人员实行工资、旅差费、住宿费、正常的业务费用在一起的大包干。由于政策措施得力，大大地凝聚了职工的向心力，鼓足了职工干劲，为项目顺利实施打下了良好的基础。

涂翌利绞尽脑汁，不停地出招，在不断优化软实力的同时，在宁红集团内部进行改革，形成了科室、车间、班组三个层次的纵向技术组织，他们按产品生产的实际需要，成立了中药材、包装、加工工艺三大系统的质量技术攻关小组，对产品生产过程进行质量控制，实行了产品之间的横向协调，从而在全公司建立了矩阵型组织机构，保证了产品质量工作的开展。同时，从健全质量责任制发展到协助行政后勤等部门，健全了以质量责任制为重点的经济责任制考核标准，从而充分发挥了各职能管理部门的作用。在此基础上，进一步把部门的质量责任制落实到各岗位人员，明确规定各类人员的质量责任、任务权限、考核等内容。在既考虑到发展，又不脱离企业实际可能的情况下，明确质量总目标，再根据总体目标，又依据科学的质量数据，从产品适用性质量出发，制定具体目标并使确定的质量指标达到了技术先进管理可行、成本合理的目的。之后，把质量指标层次分解，落实到车间、班组和个人，并将此目标和经济责任制挂钩,与每个职工切身利益紧密联系,确保了质量指标的实现。在完善质量检验、计算管理机构和制度的同时,首先抓好质量检测工作,加强了从原材料进厂到产品出厂主要工序的检验,发挥检验的预防作用,为生产过程提供准确的依据,为质量考核提供准确的依据。同时对检验人员加强职业道德教育,做到坚持原则、准确检验、严格把关;其次是抓好质量检测,开展质量审核。为此专门成立了质量审核小组,制定了产品工序体系的质量审核制度和程序,制定了产品缺陷标准。每季度对产品进行审核,每半年对工序和体系进行审核。

1991年,"宁红保健茶"系列被列入江西省第二批试制新产品计划,所研制的试制"宁红保健茶"系列产品很快就通过省级新产品鉴定。这也是涂翌利对宁红集团改革后所取得的成果,"宁红保健茶"系列产品在全国主要城市设有31个办事处,产品畅销150多个中小城市,并出口日、美、德、法、俄等14个国家。

1992年钟利贵出任修水县委副书记、县长,涂翌利已经离开了江西省修水茶厂。应该说,是他把江西省修水茶厂变为江西省宁红集团公司的。所做出的努力以及付出,其中的滋味也只有他自己最为清楚。他和钟利贵道别时,说过几句感人肺腑的话:"我虽然离开了茶厂,但我还是修水的茶人,用得着我的时候,可以随时召唤我回来。"

此时,在钟利贵的眼里,他似乎看到了更辽阔的远方。这个"远方"就是宁红茶更广阔的世界。但宁红茶的发展在时间的变幻中,显现着各种颜色。常常在深夜人静的时候,钟利贵还在思考茶叶的发展。有了钟利贵的高度重视,"宁红保健茶"系列技术开发被列为国家级星火计划项目。在"宁红保健茶"系列技术开发星火计划项目实施过程中,钟利贵多次召开政府部门、科研单位、企事业单位及社会各界人士征询意见座谈会,争取得到方方面面的支持。

新成立的宁红集团与上海中医营养食疗研究会的密切合作，形成了以科研单位为依托，以质量求发展的产品技术开发的路子。产品投放市场后，以其优良的质量赢得了国内外顾客的信赖，被消费者誉为"老区一枝花"。

一些国际市场也慢慢地与宁红集团形成了合作。中日合资江西宁红保健茶有限公司也就是在这种背景下应运而生的，双方共同开发"宁红保健茶"系列及第二代新产品。合资公司有利于改进产品生产技术设备，借鉴国外先进管理经验，利用外商销售渠道，将"宁红保健茶"更好地打入国际市场，同时也弥补了技术开发资金的不足。在成立宁红集团前，江西省修水茶厂累计亏损750万元。"宁红保健茶"系列产品的开发不仅化解了亏损资金问题，还将宁红集团一夜间变成了赢利亿元的利税大户。宁红集团的每项经济指标，居全国同行业之首，是江西省第二大食品加工业。从1995年至1997年3年间，"宁红"商标连续被认定为"江西省著名商标"。

一个产品要让消费者完全认可，需要一个漫长的过程。"宁红保健茶"投放市场初期，有许多用户来信，有一部分来信反映质量问题，也有反映包装问题，比如内包装纸质、颜色等不一致，还有疗效方面、茶叶风味等方面，公司针对用户来信，进行仔细分析，及时研究改进措施，维护消费者利益，增强消费者对产品的信任度。

2003年宁红集团被授予"国家农业产业化龙头企业"。具有国内先进生产水平的红绿茶加工生产线2条，保健茶系列产品生产线2条，茶饮料生产线一条。年加工茶叶八万担，保健茶1亿盒，瘦身含片一亿片，茶饮料五千万听。产品畅销全国，外销市场遍及美国、日本、英国、德国、法国、朝鲜等40多个国家和地区。

遗憾的是我没有找到涂翌利本人，也不知道他是否还在人世。没有人知道他的去处。但有关他与宁红集团的故事，老职工还记得，说他的嗓门有点大，喊一声楼上楼下都听得见。

大椿茶叶世家

黄四娘家花满蹊，又见春茶采摘时。这个名曰大椿的茶乡，在春日晴柔或细雨霏霏中，茶事繁华，天地间一派欣欣生气。

大椿是修水县典型的茶乡，位于修水县西北部，隶属崇乡四十七八都，与溪口、马坳、渣津、古市、全丰及湖北崇阳县大源交界。全乡146平方公里，与湖北省崇阳县、湖南省平江县毗邻，因境内有一百岁古椿，枝繁叶茂，四季常青而得名。

大椿的茶叶生产历史悠久，1000多年前就有产茶记载，有闻名遐迩的"双井绿茶"。东面雷锋尖、西面云腾山上"仙姑堂"就有读书品茶之谈，有"读坐石头"为证。一方水土养一方茶。

历经漫长的岁月，大椿树早已不见踪影。那块以树命名的土地上，却到处长着野生的茶树，茶树繁多，茶销千里，使得大椿乡成了远近闻名的茶乡。

渐渐地，人们发现，茶树和椿树一样，都是上天对大椿的恩赐，也都给大椿带来了无限的希望。

2011年9月2日，大椿乡一村民在整理旧衣柜时发现一本商票，共9张。经修水县黄庭坚纪念馆研究员黄本修鉴定，这是百年前的茶叶通商票。该票票面印刷精美，正面有"公和厚""修水县大椿""认票不认人""冯票发馗票壹千文"等文字及轮船漂洋过海等精美图案，反面有"驳票通商"及"社公井"字样和图案。后又经江西省茶叶学会副理事长吴东生等茶叶专家鉴定及查询相关资料后证实，该票是"公和厚"茶叶商号于 1911 年发行的茶叶通商票。

大椿茶有百余年历史，代表着历史的还有挂着"大椿茶厂"四个字的老屋。院子里的老枣树，与茶的时间、空间一起存在，与大椿的每一个茶人、每一棵茶树一起存在。

好茶一般都出自海拔高、温差大、空气湿润的高山环境中。大椿得天独厚的环境，为大椿茶的生长创造了优越的条件。

野生的古茶树生长在高山的地壁上。那时的茶仅供农人耕种之余解渴。家境贫寒的家庭，只剩余茶时，茶农挑着茶叶四处寻找买家。一夜间，大椿的茶叶唤醒了市场，而那些卖茶的人也变得富裕了起来。

在听完他们的故事后，你会明白好茶来之不易的道理。

吴章金现任大椿茶厂的厂长。对于大椿茶叶的发展，他再熟悉不过了。吴章金出身于茶叶世家。他的曾祖父从清朝时期开始贩茶，祖父接替了曾祖父，父亲接替了祖父，他接替了父亲。一家四代都是知名的茶商。

关于曾祖父的部分记忆是祖父讲给他听的。那时，"人多地少"，五六十年代人均八分地，庄稼一年种两季，小麦一季，接着种绿豆、玉米、芝麻、烟叶等经济作物。由于地少，这些农作物的收成连糊口都不够。因此，在 20 世纪 80 年代之前，几乎整个村子里的人都面临着粮荒，夏天一到就断粮，无油盐下锅。村子里大多数人家穷得叮当响，没吃没喝。有些村民弄点碎烟叶，挑着担子，去山外换点粮食，换点酱醋。光靠几块地完全解决不了全家的吃饭问题，曾祖父决定寻找一条出路。到底干啥呢？曾祖父的力气小，卖柴挑不起担子，思前想后，决定干茶叶生意。曾祖父萌发这个念头的时候，村子里还没有真正的茶农。"听说羊楼洞收茶，茶可以换盐。"吴章金说，不知道祖父在哪听来的。盐是抢手的，村子里最缺的就是盐，有钱的人家也买不到盐。

羊楼洞产茶历史悠久，茶文化历史底蕴深厚，被誉为"中国青砖茶之乡""中国米砖茶之乡""中国名茶之乡"。

到了南北朝时期，江南官宦和士大夫嗜茶，当时湖北为重要的产茶区，在现存资料中可查的湖北重要茶叶产地有安州（今安陆）、西阳（今黄冈）、武陵（辖今长阳、五峰）、武昌（辖今鄂南各县市）。可见，在两晋南北朝时期，鄂南茶叶已占一席之地。

19世纪70至80年代是羊楼洞产茶鼎盛期。英商、俄商，粤商、晋商和本地商人日增投资，茶庄越来越多，有压制青砖、米砖的砖茶厂，有收原料制成半成品的散茶包的包茶庄。各地原料茶涌来，源源不断，鄂南各县茶大多数集于此。由于大椿与羊楼洞邻近，茶农肩挑贩运，茶路上的运茶人络绎不绝。据《洞茶今昔》一书记载：这时羊楼洞茶庄多达上百家，影响遍及鄂南各县，各县也形成茶镇，集中开设茶庄。

羊楼洞茶产品种类丰富，自古至今，先后有片散茶、帽盒茶、砖茶、红茶、绿茶等种类。其中大椿茶厂生产的绿茶最为丰富，量最大的时候达到100担。

"去羊楼洞看看吧。"半夜，吴章金的曾祖父吴忠荣叹着气对曾祖母说。这也是万不得已想出的招数，说不定还能寻找到点生活的门路。

在此之前，有村民去过，走到半路就回来了，脸被荆棘划破，到处是鲜血，不仅没有找着出路，回来没几日就死了。"那你路上要小心。"曾祖母说。曾祖母的这句话说得轻，落在曾祖父的心里却是千斤重。

从大椿到羊楼洞要走好几十里的山路，弯曲的山路，是挑脚的人踩出来的，行走起来十分艰难，有随时掉下悬崖的凶险，不时还有豺狼虎豹来侵袭。尤其是夜间，很多动物活动频繁，很有可能成为它们的盘中餐。

第二天，祖母突然不放心了，劝他还是不要去的好，过穷日子比丢了命好。吴忠荣本是个性格懦弱的男人，可这回不知道哪根筋不对，坚定不移，非要去不可。曾祖母拦不住，把头上的金银首饰取下来，让他在村子里收了批最好的茶叶，虽然数量不多，但都是一叶嫩芽。吴忠荣稍做准备，带着这批茶叶，从大椿乡大港村的后山，翻山步行了两天一夜，艰难地走到了羊楼洞。吴忠荣到羊楼洞时由于长途劳顿，加上饥饿，已是疲惫不堪。他看着来来往往的茶商，听着不停的吆喝声，发现腿脚很不听使唤，瘫坐在街边的石头上，茶叶从袋子里倒了出来。

不知道是哪家的小二上前来，问他的茶卖什么价钱。他还不懂得如何讨价还价，更不知道茶市的行情，于是勉强站了起来："你看能卖个啥价？"小二一见就是新来的小茶贩，说先过秤，一称只有三十八斤，可来的时候反复称过，是四十斤。"你是要钱，还是要盐？"吴忠荣目的是来用茶换盐的。"一斤茶一斤盐。"小二说。吴忠荣听说是一斤茶一斤盐，心里可是乐坏了，可他还是强压着内心的兴奋，表现得非常冷静。小二见他犹豫，接着说，还管他一个晚上的食宿。换好盐后，吴忠荣挑着担子就风似的跑了回来。

回到村子里，这担盐一夜间就被抢购一空。村子里还是很贫穷的，大多数人家是以鸡蛋鸭蛋换盐，少数给钱的，也有先赊着的。总之，只要是来买盐的，不管有没有钱，吴忠荣都不分贫贱，先把盐卖出去。

有了第一桶金，吴忠荣开始发动村民种茶。买盐欠的钱可以用茶来还。

一些村民开始蠢蠢欲动。村子里没有茶苗，吴忠荣专程去漫江买茶苗，免费分发给村民栽种。大椿的水土好，气候适宜茶树生长，栽种下去的茶苗不到两年就开始收益了。

那时，漫江宁红茶已与羊楼洞建立茶叶营销合作多年。宁红茶是通过水路运往九江，再从九江运往湖北的。

第五章 在路上

宁红茶的运销，手续极为复杂。初茶户制成毛茶，即向附近的茶庄出售，或经小贩登门收购，转售于茶庄。茶叶卖给茶庄时买方先从袋中抽取样品，置于竹盘内详看粗细、色泽。嗅其气味香否，观其形状整否，然后论质讲价。成交后，过秤落簿，凭簿付款。茶庄收买毛茶，加工焙制，筛其杂梗，去其湿度，即行装箱，可任意运销。承转间所耗费用，有加佣、贴磅、补箱、贴现、栈租、回扣、茶样、打包、保险等，耗费成本20%左右。此外，中间商人以不正当手续，任意剥取，洋商亦利用弱点故意压价。

大椿至羊楼洞的茶叶之路，应该说是吴忠荣带着村民一脚脚踩出来的。

有一回，接近黄昏时，吴忠荣挑着一担沉甸甸的上好精制茶走到深山脚下，一阵阴风吹来，一个疲倦的声音在丛林中响起："我是鬼。"紧接着听见簌簌的声音，嘀嘀地响，很细微，很吓人。这时他听见土匪放出口风："我们发财啦，这块肥肉我们得吃掉，千万别让别人占了先。"他预感到不祥，内心不寒而栗。除了加快脚步，没有任何选择。

天色彻底昏暗下来的时候，好像有鬼要乘虚而入，然后便是一个惊天动地的炸雷，像耳光一样劈在地上，亮了。一场暴雷过后，暴雨噼噼啪啪地打在他的箩筐上。从林子里跳出几个莽汉，对他一阵猛打，这担茶叶被强盗抢走了。回来时，他的头又痛又难受。从这以后，每次出门他都请几个壮汉结伴，万幸再也没有发生过类似的事情。

后来大椿至羊楼洞的茶道越踩越宽。在寻找到茶叶的销路后，吴忠荣带领村民，在大港村开辟了一块5亩地的茶园。这也是大椿乡历史上的首个茶园，也就是从这个时候开始，大椿的村民们开始种茶叶。

从一开始的买鲜叶，到后来的产品，茶叶价格在逐年增长，大椿茶始终保持着高质量，所生产的茶始终在茶市上供不应求。

茶叶的发展，改善了村民的生活。一些缺盐的人家再也不少盐了，甚至还可以去集镇换点油，买点布匹回来。但是好景不长，1917年俄国十月革命爆发后，沙俄茶厂纷纷停业，羊楼洞茶业生意经历挫折。1925年，联俄政策恢复了中断的外销的茶路，羊楼洞茶业生意回到十月革命前的盛况。从1929年到1949年，中苏因中东铁路事件断交，日寇铁蹄踏进赤壁市区西南26公里的羊楼洞，百年川字号茶庄纷纷破产，羊楼洞茶业生意一落千丈。

大椿的茶叶由于没有其他销路，慢慢地茶园无人看管。一些茶农被迫想着法子再谋生计。多年后，吴忠荣开发的那块茶园被遗忘在深山老林中。低矮的茶树，慢慢地长成了森林。

俄国十月革命后，上海为输出茶市之中心，修水所产的茶，得用民船由修水河，运到涂家埠，转南浔铁路火车至九江，由九江运至上海，其运费依据上海商品检验局茶叶调查报告，民船运费，每箱平均四五角钱，火车每箱五角七分钱，轮船每箱一元三角八分钱，此外上下力保险费、报关手续费等等，每箱三四角钱，总计约三元。红茶每百斤（两箱），运费捐税十二元五角三分五厘钱。

大椿有少量的茶农，将茶叶卖给漫江茶商，统一由漫江通过各种工序后，制作成宁红茶。那时，宁红茶在国际上的价格明显下跌。

茶庄输出茶"屡沽贱价"，从而压低毛茶价格，茶农非但无利可图，且感受亏损之危，不得已放弃种茶。茶商压抑毛茶价格颇严，采买毛茶时，限定毛茶最高价格。

此后，汉口虽然偶有对俄茶叶贸易，但与以前完全不能相比，茶叶的输出量也长期是聊胜于无的状况。

吴忠荣后半生没有再做茶叶买卖，可他在茶道上摸爬滚打的故事深深地影响着儿子吴香华。吴香华从小就喜欢茶叶生意，在家徒四壁的时候，父亲用茶叶养活了一家子人。父亲用卖茶的钱，把吴香华送进了私塾。他读过《贤文》，也念过《三字经》。后来他还熟读了陆羽的《茶经》，对种茶制茶特别感兴趣。父亲那执着的精神，也深深地影响了他。

吴香华刚成年的时候，正是"秋收起义"爆发的时候，他和两个兄弟一起去参加革命，结果只有他一个人受伤回来，回来就倒在床上，第二天也没能够起来，第三天开始发起了高烧。后来，采茶女采了不少草药回来给他治伤，过了整整一个星期，吴香华才勉强坐了起来，但他的眼神像是失去了光泽。另外两个兄弟成了烈士。他每天守着两个兄弟的牌位，哭泣着，还喃喃自语地祈祷。很小的时候，兄弟仨还有过继承父亲做茶商的打算。现在兄弟都走了，他就只能一个人重操父亲旧业。他在大椿乡大港村聚集人口最多的地方，开了家大椿茶庄。来大椿做茶叶生意的人，半年都难遇上一拨，茶庄招揽不着生意。但吴香华并不愿意关门，没有人来，他决定学着父亲走出去。

说到底吴香华只是个茶叶小贩，到底有多小连他自己都说不准。半斤二两他都收，收的价格却不低。开始，村里的茶都由他一个人收购，后来还是遇到过尴尬的局面，有些茶农把茶卖到了邻村。

在调查摸底后，吴香华发现，有些茶农担心他付不了现钱，所以宁愿卖到外村去。于是他采取先付定金后收茶的方式，让附近周边的茶逐渐都卖到他这里来，原因是他收购公平，从不缺斤短两，遇上高品质的茶。还加价。最关键的还是他的收购价比别的地方高，而且高出很多。遇上十里八乡的茶农都朝他这卖时，他还真的犯愁了。付不出现钱，他只好限购。不过，即便是限购，本村的茶农也还是会将茶送上门来。就算是欠钱，茶农也愿意将茶卖给他，因为吴香华一有了钱，立马就会支付。吴香华的信誉越来越好，不出三年就由一个小茶贩子，变成了一个响当当的商人。

吴香华去世前，将他所创办的大椿茶庄转交给了吴文胜，并且再三叮嘱吴文胜，一定要做有良知的茶商，宁可自己亏本，也不能亏待茶农。

吴文胜极瘦，颧骨高凸，双颊下陷，两眼浑浊。

新中国成立初期，吴文胜把自家的自留地全部种上了茶叶。他一个人重新做起了父亲的老本行，乐此不疲地创办了大港茶厂。大港茶厂大概就是大椿乡最早创办的民营茶厂，就是后来大椿茶厂的前身。

吴文胜的大港茶厂不仅有自己的茶叶基地，而且购进了各种茶叶设备。大港茶厂创办没多久，乡里的集体茶厂应运而生，但与大港茶厂相比，无论是管理还是生产技术，都略微逊色一些。

1970年，就在吴文胜的大港茶厂芝麻开花节节高的时候，吴章金来到了人间。对于吴家来说，吴章金的到来的确是件令人万分欣喜的事情。农村里一直以来重男轻女的偏见依然存在，现在有了男孩，吴文胜便大胆地谋划着未来更大的茶叶事业。他计划着吴章金长大后继承他的茶叶事业。也就是出自这种心理，他又在大港的荒山上开垦了几亩地，栽种上了茶叶。

吴章金个头不高，温文尔雅。1982年他还在念小学时，父亲吴文胜又将村里的30亩零散的茶叶基地承包了下来。从那个时候开始，父亲成天在地里忘我地劳作，他也会跟在父亲的后头，帮忙除草、施肥，春天的时候采摘茶叶，他还慢慢地还学会了一些制茶技术。父亲从小就夸赞他是块做茶生意的好料子。他开始并不懂，以为做茶叶生意是没有学问和志向的事，可当父亲把一张罗坤化的画像挂在正厅堂的墙壁上，向他讲述罗坤化的故事后，他仿佛明白了其中的一些道理。所谓三百六十行，行行出状元，茶叶这个行当，也是能够出人才的。

1988年，吴章金高中毕业时，父亲开始体弱多病。"他吃了太多的

第五章 在路上

苦,身体明显出了问题。"吴章金含着眼泪,深情款款地回忆父亲,父亲已经走了好些年。父亲在世的时候,很多时候茶园里只有他和父亲,父亲滔滔不绝地和他说着茶叶的门道,他则躲藏在茶树底下捕捉蝴蝶,一个矮小的影子,在茶园里跳来跳去。

其实,父亲也是煞费苦心,为了让他对种茶产生兴趣,有时候滔滔不绝地和他聊一些神话故事,然后又把神话故事转到茶上来。无形中,他的视野得到了开阔。让吴章金记忆犹新的是,村里有许多上不起学的孩子,父亲总会想方设法替他们交学费。

实际上,那时父亲的举动让吴章金有些不解。因为他的零花钱,都是他自己从茶树"采摘"下来的。他经常会利用放学回家吃饭的时间,去山上采摘茶叶,有时候还会帮着父亲制茶。但无论是采摘茶叶还是制茶,父亲都会给他相应的报酬。许多年后,他明白了其中的道理,就在他最困难的时候,父亲当年帮过的孩子,想着法子帮助他。"不说滴水之恩当涌泉相报,至少说明父亲做了件正确的事情。"吴章金说。后来这些人多数成了吴章金的伙计。他知道父亲帮助孩子们的初心,绝对不是图他们有所报。

当他把卖茶叶当作一种谋生手段时,父亲已经走了。"父亲走时不到六十岁。"吴章金接过重担的时候,上要赡养年近八旬的爷爷奶奶,下要抚养四个弟妹。这可不是件容易的事情,可是他没有半句怨言,咬紧牙关,努力承担着家庭的重任。

1992年,村集体30亩茶园实行产权转让。吴章金听到这个消息后失眠了,想着父亲一辈子与土地打交道,干的也是祖先传下来的事业,不能在自己的手上干不下去了。"当时体会到经营自主权的重要性,要是茶园转让不了,对今后的茶叶发展会造成极大影响。"在万般无奈之下,吴章金毫不犹豫地从银行借贷一万两千元,又从亲朋好友处借来八千元，将这 30 亩茶园的经营权盘下，决定开始自己的创业人生。

种茶、采茶、制茶绝非外人想象般"诗情画意"，采茶、杀青、揉捻、沤堆、复揉、烘焙……从一片茶叶到一杯好茶，其间要经历繁杂的工序，每一道工序都考验着制茶人的功力和耐力。

20 世纪末，因种种原因，国际、国内茶叶市场走入低谷，价格低，效益差，市场竞争激烈，许多小型茶厂倒闭了。但吴章金始终不愿放弃，充分利用自己这 30 亩茶园基地，不停地摸索实践，掌握茶园管理及茶叶加工技术，开拓茶叶经营销售渠道，茶叶市场越做越大。他在逆境中顽强拼搏，不断加大投入，扩大规模，拼出了一番新天地。

1962 年，大椿乡政府创办了大椿茶厂，属乡集体企业。当时政府的出发点是集中打造大椿茶叶品牌，将全乡的茶叶资源集中整合。翻开淡黄的《大椿乡志》，还能找到详细的记载。大椿茶厂设立在大港村甫臣屋（原大港大队），原名九路坪茶场，厂长叫车国华。车国华和吴章金是忘年之交，两人经常在一起谈茶叶门道。

有一段时间，吴章金也参与大椿茶厂的经营生产，比如帮忙收购茶叶，提供技术方面的支持。

1972 年，大椿茶厂出现生产经营问题。那时恰逢知识青年上山下乡。"知识青年都是有头脑、有想法的知识分子，他们的主意特别多。"吴章金说。大家聚在一块商讨茶厂的发展，很快就拿出了发展方案。1973 年 9 月 25 日，大椿茶厂被改名为大椿知青茶厂。重组大椿知青茶厂的第二年，大椿茶叶发生了翻天覆地的变化，年产茶叶 600 余担，年产值 10 万元左右。

知青茶厂运行期间，下乡知青做出了非凡的业绩，改良创新了茶叶特色品牌，铺垫了大椿茶业的坚实基础，在种植、加工、销售方面积累了宝贵经验，为大椿人民创造了财富，使大椿茶叶经久不衰，得到了健康发展。

这个时期，大椿茶厂生产的"双井绿"伴随着中国宁红茶在国际上声名鹊起。

"企业生产经营了几年后，再没有了发展空间。考虑要扩大茶园，扩大生产。"吴章金说。1978年秋，乡企办提议，报乡政府审批，决定在大椿乡罗家地开辟新茶园，于1979年7月开工，开辟茶园256.2亩，同年规划生产厂区。1980年3月动土建设加工生产厂房。同年10月，茶厂改名修水县大椿茶厂。1983年在工商行政管理局注册，又改名为江西省修水县大椿茶厂。

"在这8年的时间里，大椿茶厂虽然经历了一些波折，但总体来说没有出现任何问题。"吴章金说。

21世纪初，由于市场和经营管理不善等原因，大椿茶厂连年亏损。"从2000年到2010年这10年时间里，出现了亏损的现象。连正常的工资和厂房电费都拖欠。"在这10年间，吴章金对大椿茶叶资源、品种、加工进行整合，实行优化组合，在南昌、九江开设了三个自己的直销店，实行了线上线下销售一体制，还进驻北京、上海等全国大中城市，年销售额突破5000万元。他注重品牌开发，把品牌创建作为产品挤占市场的"通行证"。2004年，有600亩茶园获得有机食品认证。2008年，"霞森"商标被认定为"江西省著名商标"，"霞森"系列茶产品获国际、省、市金奖、银奖和优质产品奖36项。

2007年，大椿乡政府做出将乡集体企业改制为民营股份制经营的决定。"那个时候，大椿乡已经出现了好几家私营茶企。乡政府把我们召集在一起座谈，听取意见，目的是重新组建民营修水县大椿茶厂。"这是个难得的发展机会。吴章金的茶厂已经有了不小的规模，他与其他有志青年参与经营过大椿茶厂，总结出一套有效的管理办法，企业需要壮大，就必须购买茶厂。"那时还很年轻，就想着搏一搏。"吴章金说。他毅然决定把大椿茶厂买下来，并且很快就形成了一套"公司＋合作社＋茶厂＋基地＋农户"的经营模式。

"蜀道难，难于上青天。刚刚起步时，就感觉前面被一块陨落的巨石挡住了去路。"吴章金说，"公司注册资金600万元，厂房建筑面积达3万余平方米。"这对于一个乡镇私营企业来说，非常不容易。但是办法总比困难多，重组后的大椿茶厂很快就成了"双井绿""宁红茶"的重要生产企业，拥有绿茶、红茶、乌龙茶以及金丝皇菊等加工生产线。大椿茶厂经历了从手工制茶到机械制茶、从纯粹生产型到生产销售型的演变。2010年有茶园面积205公顷，年产毛茶130多吨。

"种茶、制茶、卖茶都是非常辛苦的活，常常是整夜不能眠。"为了保证茶叶的新鲜，从茶园采摘的鲜叶当天必须炒完，否则将会降低茶叶的品质，很难做出好茶。每天吴章金白天要上山采茶，晚上要亲自炒制完当天采来的鲜叶，制作之后还要拿到集镇上去卖。"我在采茶做茶的半个月时间里不能上床睡觉，有时只能在车上睡一会儿，通宵达旦是经常的。"

吴章金习惯性地朝村子里走，去了东家又去西家，在村子里的茶农家走来走去，一条路不知道走了多少回。他会逐家逐户了解村民的生活质量和村民对茶叶产业的真实想法。

也许是茶叶拯救了这个村庄。如今，很多村庄人烟稀少，很难看到年轻人的身影，甚至也很少听见孩子们的琅琅读书声。可是在大椿的很多村子里，还能看到孩子翻跟斗的身影。还有一些孩子在对面的山上高兴地喊着，叫喊声在山谷中回荡。

"随着时间的推移，茶已经成为身上的一份责任。不忍青葱的茶园荒废，不忍看到茶农眼中的无奈……"吴章金说。

第五章　在路上

应该说，吴章金懂茶，会搞经济，朝着一个目标，在不断地往前走。

日子在不断地变换着，吴章金的茶厂在悄无声息中不断地发展壮大，由当初的一个简陋小茶厂，慢慢地发展成拥有全县最先进的自动化绿色生产线，有符合清洁标准的生产车间和仓库，更有占全乡五分之一的自主经营茶叶基地，已成为集生产、观光、旅游为一体的现代农业基地，并被九江市评为"十佳特色农产品基地"。

为什么修水的茶好？除了先天优越的地理条件外，还要对茶园的管理做到有机化。吴章金说，大椿乡所有茶企和茶农均严格按照"无公害绿色食品"的标准进行茶园管理。在茶园管理上做到人工除草，用农家肥，推广物理防虫，使用微生物农药。大椿乡还成立了茶叶协会，协会和各茶叶合作社均制定了"三不准、二统一"的茶园管理制度，即不准使用高残留农药，不准超量施用化肥，不准随意喷洒除草剂；统一病虫害综合防治，统一茶叶采摘标准。通过严格的管理，全乡的茶园管理水平逐年提高，茶叶品质明显改善。

一分耕耘，一分收获，通过多年的打拼，吴章金终于实现了自己的创业梦想。"大家好才是真的好！"吴章金始终没有忘记父亲的谆谆教诲，时刻想着贫困的乡亲们。多年来，他响应党和政府的号召，积极为脱贫攻坚贡献自己的力量。每年在他的茶园里做零工的乡亲有一千余人，很多人实现了在家门口就业。

"大椿茶业是从小到大、从弱到强，一步步走到今天，不仅有坎坷，有困惑，更有荣誉，有贡献！作为修水茶人，吴章金不愧是优秀代表。"修水县茶叶协会副会长、秘书长钟俊新说，"在修水脱贫攻坚工作中，吴章金做了许多具体实事，帮助二十多户建档立卡贫困户，每户增收一万元。他们挣得了一点钱，盖起了楼房，过起了幸福的生活。"

"农民外出打工赚钱，每年还得背着行囊回来。回来过完年，春天还得出去。一年来来回回，收入并不理想。"考虑到这个问题，吴章金专门成立了合作社，把这批人组织起来，茶苗、肥料、收购统统由他来负责，只要他们出力，负责茶园的管理。"不是请他们干活，而是给他们分红。"一年下来，收入最少的也有5万到6万块钱，"家里的其他事情一样都没有耽误"。

吴章金以他的吃苦耐劳和执着专注，在茶叶这条道上坚守了近三十年，如今他依然奋战在茶园里，只为让大椿茶走得更远，走得更好。

"坐观楼百尺，三面种新茶。"如今的大椿，已是"中国名茶之乡""全国无公害茶叶生产示范基地乡""全国十大魅力茶乡"。大椿茶厂在市场经营上结合自身优势实行多元化发展，在品牌建设及实体店铺经营上实行直营及合作经营有机结合，保证品牌、市场健康稳定发展的同时快速有效占领市场。目前销售店铺有二十多家，销售区域覆盖江西、山东、河北、上海、北京、广州等省市。从上海到修水插队的知青刘钟瑞返回上海后，在上海创办了湖心亭茶楼。湖心亭茶楼坐落在繁华的上海中心区，吸引着文人墨客前来饮茶品诗。湖心亭茶楼所用的茶正是大椿茶厂生产的"宁红茶"和"双井绿"，这成为作为茶楼的最大特色，茶楼经常是满座儿。

必须承认的是，一个茶叶产业的发展，离不开像刘钟瑞这样的有缘人。修水茶商周德兵与吴章金是茶道上的知己，周德兵从事茶叶生意三十余年，在山东有十多家门店，卖的都是大椿茶厂生产的"宁红茶""双井绿"。周德兵在卖茶的过程中，注重文化品牌，通过修水的文化内涵推广"宁红茶""双井绿"。周德兵自从干上茶叶这个行当后，极少归家，大部分时间在山东开店。

周德兵刚去山东的时候，吴章金借给他不足2000元的本钱，他凭

第五章　在路上

着自己吃苦耐劳的精神，现在已是家财万贯的大老板。每次吴章金到山东，周德兵总会召集同乡聚会，聊过去的悠悠往事。

1992年10月，大椿茶厂生产的精制绿茶"双井绿"，荣获首届中国农业博览会银奖，"双井雀舌"在2006年第十三届上海国际茶文化节名优茶评比中获银奖。2010年，大椿茶厂被评为"江西省农业产业化龙头企业"，"霞森"商标被评为"江西省著名商标"。2014年上海国际茶文化节，大椿茶厂生产的"宁红金毫"荣获第一名。吴章金自己也常常参加各地的茶叶制作大赛，2017年获得全国手工绿茶技能大赛、贵州省遵义第一届国家级制茶大赛个人一等奖。

走进厂区，宽阔的道路，高耸的楼房，整齐的车间，掩映在葱郁的绿树中，鸟语花香在空气中弥漫，鲜醇的茶香更在空气中流淌。机器声隆隆，人声嗡嗡，生机和活力充斥着每一个角落。我和吴章金坐在门口聊天，茶香被风一层层卷过去，感觉在整个村子里越积越厚，和高远的蓝天，慢慢地凝聚在了一起，像梦幻一样美丽。

不远处，有几个大人在接孩子放学回家。此刻，大地和河流都是绿色的，在温暖的阳光下缓缓地流动着。吴章金虽然已过不惑之年，可他还是那个孩子，那漫长的童年，他始终没能走出来，他在孤独中，走向了一个温暖的所在，这是他最大的成长，也是他的幸运。

大椿茶厂的生意越做越好，这几年一直在走上坡路。吴章金不仅要处理厂里的事情，还要忙外头的生意，两头辛苦，筋骨虽好，岁月终究不饶人，眼见着头发白了一大半。

深夜里，吴章金时常会想起父亲那慈祥的面孔。他感觉那么真实，又是多么遥远。毕竟父亲已不在世多年。"我把新做好的新茶，用开水泡了一杯，爸，您试试。""章金，你又讲梦话了。"第二天妻子和他说。这样的梦，吴章金经常会做，他担心自己没有把茶做好，担心茶的品质没有上去，生怕父亲责怪自己。他爬起来，小心翼翼地点亮了父亲留给他的茶灯，上面还留着父亲的墨迹。在世时，父亲喜欢做灯笼，连茶园的地头上都挂一盏，上面写着一个"吴"字。现在年代有些久了，可他依然小心伺候着，竟然成了他内心的一道风景。

经商得有道，致富得有方。吴章金与茶叶的缘分，无疑是一本厚重的书，需要慢慢去解读，才能够体会到其中的生命情趣。

两代人传承"宁红"

从小生活在修水的俞旦华性格里带着宁红茶的温文尔雅。他讲话不疾不徐，思维敏捷开阔，给人气定神闲、虚怀若谷之感。

其实，生活中的他喜欢安静，更嗜茶，深悟人生先苦后甜的真谛。他向往宋朝人夏季时酒至微醺醉卧竹榻，身旁有茶童摇扇煮茗的诗意生活。

俞旦华与漫江的情感，就是从胃开始的。他刚到漫江时，喝下第一口宁红茶，他感觉整个胃都是暖洋洋的。

我去漫江找俞旦华，他一次次失约，我只好在街上瞎逛。后来在一个挂着绿色招牌的小店里，我见着了江西省宁红有限责任公司总经理王海兰。她是俞旦华的搭档，一个安安静静的女人。

"不好意思，今天俞总又失约了。"每次我都是通过王海兰寻找俞旦华的。

去漫江前，我给王海兰打过几次电话，意思是想和俞旦华见个面，另外听她唱几首茶山情歌。那天下午，俞旦华本来是答应见面的，王海兰突然给我打电话说，俞总临时有急事出差了。

在修水，茶人们对俞旦华并不陌生，他便是宁红茶的重要传承人。

第五章 在路上

"我想去你们公司看看。"我说。没有见着俞旦华,我的心里自然有些失落。

王海兰放下手中的茶杯,指着前面的路说,公司离这不远,前面步行一条街,再走半里路,过一座大桥就到了。

记得我去那天,茶园里还有很多采茶的姑娘。茶园的中间白墙黛瓦的是江西省宁红有限责任公司的房屋,旁边的几间砖瓦老屋被绿色植物缠绕着。

"我们这个公司是俞总回来组建的,也是目前漫江最大的茶叶公司。"王海兰介绍说。

"从哪回来呢?"我这才知道俞旦华原先是宁红集团的副总,可他老家是漫江乡宁红村。可以说,俞旦华从小就与宁红茶结缘,而且出生于宁红世家。在"茶工祖师"罗坤化的影响下,俞旦华的父亲俞道文毕生传播宁红精神,五十年如一日,把毕生的心血全部倾注给了宁红茶,被誉为"现代宁红茶第一人"。

历史原因,宁红茶传到俞道文这里已经很不景气了,可俞道文依然想重振宁红茶。宁红茶的命运与国家的命运、时代的命运紧密相连。对于茶人来说,就是不断地接力,不断地让宁红茶流淌在历史的长河中。

想起当年,宁红茶先辈罗坤化赢得"茶盖中华,价甲天下"的声誉,郭敏生摘得甲级大奖章,莫雪岷兄弟创"宁红不到庄,茶叶不开箱"。想到这些,俞道文的心里有些兴奋。

为了更好地总结前人的智慧,传承好宁红茶的技术,1985年,俞道文历时四年编辑撰写了《宁红茶技术》。这应该是首部有关宁红茶技术的示范教材。

俞道文钟爱宁红茶,他对宁红茶的痴迷很快就在业界产生了影响。俞旦华的母亲易芝兰,在得知俞道文潜心于茶叶研究尚且未婚时,主动来到他的身边相依相伴，和他一起学茶制茶。有了易芝兰的帮助，他们的"宁红"事业果真蒸蒸日上。

1958年初春，刚刚下过了一场雪，大地白得耀眼。

"孩子生了。恭喜俞总，是男孩。"

俞道文高兴不已，为了宁红茶的制作生产，他已经好久没有这么高兴过了。此时，宁红茶正好进入一年一度的开采期。"就从明天开始开采吧！"俞道文高兴地说。

俞道文思来想去，决定给孩子取名"俞旦华"，意思是"日月光华，旦复旦兮"，期待他像"宁红茶"一样火红。

俞旦华从小就跟着父母在茶园里打转，半大的时候就会制茶，而且制出来的茶品质很高。茶厂里的师傅都喊他"小俞师傅"，他居然对这个称谓倍感自豪。

子承父志，俞旦华没有辜负父亲的期望。2014年，俞旦华被授予宁红茶"非遗"制作技艺首批唯一代表性传承人。2018年，俞旦华入选中国茶叶流通协会首批"中国制茶大师"、中华茶人联谊会首届"中华匠心茶人"，荣获修水县茶叶协会茶叶产业终身成就奖等荣誉称号。

俞旦华并没有满足，他想着人生短暂，发展和推动"宁红"却是路远迢迢。

庆幸的是，2001年，俞旦华收购修水茶厂时，得到了后来担任江西省宁红有限责任公司总经理的王海兰的支持。

王海兰在修水茶界可以说是无人不知。她倾情助力"宁红"，也是修水少见的女人。她与"宁红"的结缘，完全出于对俞旦华的敬佩。在她的心里，俞旦华无论是干事的态度，还是对茶叶的情怀，都深深地打动了她。

2011年，江西省宁红有限责任公司创立"漫江红"品牌，面临着极大的困难，需要在技术上突破。王海兰不分昼夜，全身心扑在公司里，她不懂技术，可还是能做些事情。实际上，王海兰和俞旦华是茶道上的知己，两人算得上是纯粹的"茶友"。因茶结缘，不谋而合，合的是制茶叶人的精神。

经过漫长的酝酿和深入的研制，也就是在这一年，"漫江红"和"龙须茶"正式问世了。

这年，俞旦华瘦了一圈。他的勤奋和吃苦精神，让王海兰更加感动。

每年的三四月间，春寒料峭时，俞旦华成了漫江醒得最早的人。为了保证茶的品质，他得早早起来守着静静萎凋的茶叶。其实，俞旦华的家安在县城，从3月开始，一直到6月，这四个月的时间里，家里无论是大事还是小事都由妻子担着，俞旦华只能利用晚上的时间回去，天未亮时就得返回来。无论是刮风下雨，还是下雪，他从未间断过。在他看来，制茶是不能分神的，得全神贯注。

红茶加工的时间长，技术要求也高。通常使用的制茶方法是重萎凋，轻揉捻，轻发酵，其好处是茶叶破碎率低，得茶率高，而且干茶条索美观，但缺点是香气平平，滋味欠浓厚。

俞旦华坚决采用传统的"宁红工夫茶"做法，轻萎凋，重揉捻，重发酵，这样制作出来的宁红茶冲泡时空气中芳香四溢，茶汤滋味醇厚，茶叶更耐泡，长时间搁置后茶汤依然有醉人的芬芳。但是，如果把握不当，不仅干茶外形欠美观，一旦揉捻或发酵过度，整批茶就可能报废。俞旦华总能把控火候，经过俞旦华之手的"漫江红"因香气突出且持久、滋味醇厚，让人回味无穷，甚至有难以忘怀之感。

"宝剑锋从磨砺出，梅花香自苦寒来。"用这句诗形容俞旦华非常贴切。每季茶完成时，俞旦华的手指头、手臂上都会留下数道伤痕。

为了让顾客喝到真正的好茶，俞旦华自创立"漫江红"品牌以来，不仅坚守"看茶做茶，用心做茶"的茶人精神，还始终坚守"做有良心的企业，做有品质的红茶"的企业家精神。他不仅在工艺上坚守传统，在原料把握上也坚持全部采用晚熟的宁州群体种。

宁州群体种也称"宁州种"，是中国茶叶学会1965年在福州召开的"全国茶树品种资源研究及利用学术讨论会"上从500多个品种中推荐的第一批茶树优良品种之一，同时也是各茶区推广的第一批五十个地方良种之一。但由于历史的原因，20世纪80年代，随着中国经济体制的转变，中国以出口为主营的大小茶厂全线停产停业，修水茶在忍痛转产"宁红保健茶"后，修水茶产业也遭遇了"红改绿"（改红茶品种为绿茶品种）的阵痛。在全面实行"红改绿"以后，宁州群体种被大量的外来品种（绿茶优良品种）替代。而漫江茶园又因管理不善，宁州群体种面临被取代时又濒临死亡。俞旦华为保护宁州群体种茶园，也为保护当地职工的利益并维护改制环境的稳定，经过多年努力，终于将漫江茶园高价收回。濒临死亡的漫江宁州群体种经过精心呵护，成为修水目前保护完整的红茶品种。

俞旦华坚持传统工艺并坚持采用宁州群体种原料，这不仅需要放弃春茶更早上市带来的利润，还需要付出更高的原料成本。俞旦华却说："我是商人，但我更是茶人，而且是老宁红茶人，所以不需要太多的利益考虑。"

因为对宁红的情结，俞旦华出资出力潜心搜集、整理宁红茶资料，制作文本，拍摄视频，成功将宁红茶申报为市级、省级非物质文化遗产。

俞旦华被漫江人称为"俞公"。

有诗赞俞旦华："宁红世家，俞公愚匠。时逢盛世，茶业兴隆。避繁华至漫江，兴宁红于当代，选此佳壤，购地建厂，保护物种，规划茶园，遵循传统，辅以科技。制作精良，追求宁红极品；技艺高超，漫江红及海内。"

在国际茶叶博览会上，国外商人听说"漫江红"是"宁红工夫茶"，眼睛便亮了起来。说起来，俞旦华的大名在茶业界可是如雷贯耳了。大家都知道他制的红茶，外形肥硕紧实，金毫显露，香高味浓。

江西省宁红有限责任公司在坚持践行传承和保护宁红茶文化和制茶技艺的同时，坚持有机种植，创建出口食品原料种植场基地，以茶叶与国际市场共建"一带一路"。目前其产品已经销售到欧洲的德国、荷兰、波兰和非洲的毛里求斯等国家。

俞旦华说，当年罗坤化让宁红茶在万里茶道上畅通无阻，今天他要让宁红茶在"一带一路"上继续前行。

青山不老，绿水长流。宁红茶在两百多年的时光中屡起屡落，但因为有着像"俞公愚匠"俞旦华这样的茶人一代又一代地坚守、传承，才使得宁红茶精巧技艺得以熠熠生辉。

人在草木间：做茶人的故事

茶的故事，其实就是人的故事。"茶"字被解构成"人在草木之间"，将深沉的情感寄托在创造它的茶人身上。

1962年7月出生的李冰池，是修水县知名的制茶能手。

李冰池在修水茶界可是鼎鼎有名。茶道里的茶友尊称他为"冰池师傅"。修水种茶人想要学得技术，都会主动找李冰池取经。

茶与艺术是一样的，功夫体现在作品内涵上。好茶不仅需要好料，更需要上好的技术。李冰池的功力非凡。

说起与茶的结缘，李冰池感慨颇深。他指着一片绿意浓密的茶园说："那时候这里还只是一片荒芜之地，种下去的都是幼苗，如今这里一层层茶园梯田错落有致，一株株茶树长势喜人，正吐露新芽。"站在茶树间，眺望茶园，李冰池忍不住掬起一捧新芽在鼻尖，深吸一口茶香，"从种茶、制茶到卖茶，我和茶叶打了一辈子交道。"

1979年，李冰池转入大椿公社知青茶场，1987年转入修水县大椿茶厂，先后担任过茶厂的副厂长、厂长，在茶叶的路上摸爬滚打了四十一年。17岁那年，李冰池高中毕业，初入社会，便作为学徒，进入当时的大椿公社知青茶厂学习手工制茶。制茶大致分为摊青、杀青、揉捻、定型等几个步骤，最难的要数杀青过程。杀青时，双手需要在120℃到180℃高温的锅中不停地翻炒，去除茶叶中的水分，便于揉捻，茶叶温度一般高达100℃。

"那时候条件艰苦，制茶的时候都是用煤油灯照明。"刚开始时，掌握不了翻炒的力度和节奏，李冰池双手手臂常常因为刮蹭到锅边，被烫得起泡。因为有年轻人不服输的韧劲，李冰池决心尽快掌握杀青的技艺。"制茶是一门熟能生巧的活儿"，在师傅的教导下，李冰池利用空闲时间找来柳树叶反复练习，一遍一遍翻炒，常常累得腰酸手痛，但他很少停歇，慢慢地，手臂的力量能自如地控制手在柳树叶和锅之间来回。李冰池内心充满了成就感，从那刻起，他便下定决心学好技艺，好好制茶。之后李冰池更加刻苦地练习，参加各种培训，不断总结经验和心得。他还自创了一套杀青口诀："高温杀青，先高后低，透闷结合，多透少闷。"杀青技艺日益精湛。

1982年，年仅20岁的李冰池初生牛犊不怕虎，决心单独手制"双井绿"。他几乎把自己封起来，躲藏在一个小院子里，反复捣鼓着制茶技术。就这么反复捣鼓了一个月，手制的"双井绿"，一举夺得"江西八大名茶"之一的殊荣。

李冰池的发掘精神，对茶业的执着精神，不但使自己的事业有成，也深深感染了他的家人。现在他的儿子、儿媳、女儿、女婿都从事茶业，吃的都是"茶叶饭"。

茶叶生产是一项专业性较强的农业产业，尤其是茶叶加工，技术含量很高。为了全面、扎实地掌握这一技术，在生产实践过程中，李冰池一边实践，一边总结学习，还拜茶技站和县茶科所的专家教授为师，向专家们求教，同时在生产实践中用心总结经验教训，掌握技能。

因为用心制茶，李冰池慢慢成长为修水县茶叶专业的农技师。2004年集体茶场改制后，李冰池下岗创业，创办了"大椿冰池茶厂"，从零开始，从事茶叶种植、加工和销售。"从幼苗长到这么高，就像呵护小孩一样呵护着它们长大。"站在如今郁郁葱葱的茶园里，李冰池回忆道。自那时起，他每天给茶园除杂草，检查病叶病枝，耐心伺候着种下的50亩茶叶幼苗。

自创办大椿冰池茶厂以来，李冰池一心想制作独属于自己品牌的茶叶。"每一种茶都有独特的制茶之道，但好茶均追求形色香味。"李冰池对以往制茶的每一道工序了然于心，但要制作不一样的茶叶，就必须打破先前传统的制茶习惯和思维。他从每一个环节开始进行尝试，按形色香味的标准，从手法、时间和工序上进行改良，让茶叶形状更秀丽，口感更佳。

李冰池是修水县第一个实至名归的茶业工匠。在研制"大椿冰绿"的过程中，李冰池发现，纯手工制作茶叶，杀青要用锅加热，人工一锅一锅炒出来，不仅费时费力，技艺不精湛的工人也不容易掌握火候，出茶率不高，还影响了茶叶的质量和品相。"如果控制好温度、湿度，用机器代替人工，是不是会更好呢？"李冰池大胆设想，并将自己的想法付诸实践，设计订购杀青机器，经过反复试验，终于将人工杀青改为机械杀青。这一技改不仅大大提高了效率，还稳定了杀青的质量，制出的茶叶香气独特、颜色鲜艳，产量也从以前每人每小时 1 斤左右，提高到了近 20 斤。这一技改的推广也使当时大椿乡大批量生产高档名优绿茶步入了快车道。因为注重用科学的方法种茶制茶，2015 年李冰池被选为"中国科学普及带头人"。"大椿冰绿牌"茶叶，很受消费者的喜爱，成为江西省著名品牌。

1993 年，李冰池取得国家农业部颁发的"中国农民技师"的农民职业资质；2009 年参加县茶叶办组织的评茶员培训，取得国家中级评茶资质；2011 年参加江西省首届手工制茶比赛，荣获"江西十大制茶能手"称号并排在第一；2012 年被评为"九江市农村科普带头人"；2013 年被评为"江西省农村科普带头人"……

在李冰池的桌上，堆满了各种荣誉证书，这些是李冰池用心制茶的最好见证。

"我这一生和茶叶有缘，希望茶叶带给我的，我也能传授给他人，齐心协力将制茶技艺传承下去。"李冰池动情地说道。

在这位老茶人的眼中，我们看到的是一颗永远不老的心，一份对茶产业浓浓的感情。

和李冰池一样，修水县上杭乡六叶茶叶有限公司的生产厂长占良喜也是一个制茶能手。

和宁红茶打了一辈子交道的占良喜，一口标准的修水话，却并不是修水县本地人。1962 年，他出生于江西都昌县。1980 年至 1983 年间，他在婺源茶校学习茶叶制作。"就是因为高考分数刚好上茶校，没想到一辈子与茶结缘。"占良喜笑着说。毕业前实习，占良喜选择到修水学习红茶制作。毕业后，他被分配到修水茶厂生产技术科工作，从此开启了他30多年与茶为伴、埋头苦干、刻苦钻研之路。

因专业理论知识与技术技能过硬，占良喜工作之初就崭露头角，经常到各产茶乡镇从事指导工作，在漫江、四都、溪口一待就是几个月，有时也到乡村茶厂指导茶叶加工、生产，而经他指导制作的茶产品销量总能名列前茅。

1985年，为参加全国优质食品评比，修水县成立"宁红工夫茶"创优领导小组，占良喜作为成员，与邹匡复、陈范一等专家从事茶叶技术工作。从鲜叶筛选开始到最后的发酵烘干，占良喜全心向专家学习宁红茶制作技术，最终宁红茶博得"宁红金毫为礼品中之珍品"之美名。同年，他参与制作的"越海牌"宁红工夫茶获得国家银质奖章，占良喜也获得政府颁发的个人荣誉证书。"也就是从那时开始，我真正爱上宁红茶的制作。"占良喜说。

2007年，占良喜受聘眉毛山茶厂。在此前，眉毛山茶厂从未生产过红茶，为钻研高山红茶加工技术，占良喜全身心投入，各个工序反复试验，克服高山昼夜温差较大的困难，最终生产出外形秀丽、内质优良的红茶产品，深受消费者的喜爱和好评。

安徽祁门红茶以"祁门香"享誉海内外时，为学习祁门红茶加工技术，同时交流宁红茶加工技术，2009年至2012年间，占良喜到安徽潜心学习祁门红茶制作技艺，得到祁红技术专家的悉心指导，明白了"祁门香"的形成和技术要领，红茶制作技术更加精进。为提高茶产品品质，当时受聘于琼峰茶厂的占良喜开始对茶叶加工生产线、茶叶初制体系等各个方面进行技术创新，热风炉研制、蒸汽发酵等新设备和新技术相继应用到茶叶加工中，并很快普及到全县各个茶叶企业，使琼峰茶厂成为当时红茶加工技术的示范带头企业。该厂的茶产品多次获奖，销售量连年翻番。

"此生有茶相伴足矣。"李新华说,"我请你品品我的手艺。"他从橱柜里掏出个茶罐来,一使劲,拧开了蜡封的罐盖,一股茶香,扑面而来。我居然被这股茶香给镇住了,半晌说不出话来。

"如果你花 5 年、甚至 10 年时间去做一件事,那么你就是'状元'。"这是中国登山队队长王勇锋说过的一句话。李新华将 30 多年时间全部用在茶产业上,他不但为自己打造了一座取之不竭的"绿色银行",而且成为带动周边农户发家致富的"领头雁"。

1968 年,李新华出生在大椿乡大椿村的一户茶叶世家,祖父李聘儒是远近闻名的茶人。20 世纪 80 年代初,还在学校读书的李新华就经常一边看祖父制茶,一边学习制茶技术。由于制茶时电炒锅温度高,有时候稚嫩的小手上难免烫起一串串水泡,但他从不言苦,还经常与祖父交流自己的想法。半年后,他的制茶技艺大幅提高,很多红茶制作师傅对红茶发酵程度都难以把握,可他却每次都拿捏得很准。为此,15 岁初中毕业后的他就成了大椿茶厂的制茶师傅。

不过也有人劝他:"李师傅,你年纪这么小,可以去学做篾,吃这碗饭是要受罪的,你看大椿的几代茶叶生意人,山客、水客都做过,也是辛苦过头。"

李新华不爱听这个话。人家见他不理睬,就骂他:"少年狂妄如此,将来一事无成。"

"人各有志嘛。"闷了好一会儿,李新华才说出这句话。从这以后李新华终日琢磨着,怎样才能把企业做大,然后真正解决村民的生活问题。"大椿的茶产业规模日益凸显,茶叶仅靠本县销售必然是一条死胡同,必须尽快打通外销渠道!"于是他抱着试一试的心理,将自己收购的 300 公斤茶叶贩运到江苏常州销售,没想到一趟来回就挣了不小的一笔钱。从此以后,李新华走上了贩茶的道路,足迹遍布整个江苏地区。

刚开始，每年的茶叶贩运量只有 2000 公斤左右，几年后每年的贩运量达到 5000 公斤，他也成为县内小有名气的茶叶经销商。

做生意不可能一帆风顺，栽跟头的时候也在所难免。1994 年，李新华贩运 2000 多公斤茶叶到江苏销售，没想到那一年江苏地区正在进行国企体制改革，茶叶销售量锐减，茶叶公司进货量也随之骤降。那一次，很多老客户都终止了进货，他在江苏地区一待就是 45 天，最后以极低的价格才将茶叶卖出去。他回来一盘算，亏损 7 万多元。回来后，众人七嘴八舌地劝他，他也曾一个人默默地流眼泪，感觉仿佛有决堤的洪水冲上来，立刻要把他卷走。可他咬紧牙关，他懂得不经历风雨，怎能见彩虹的道理。吃一堑，长一智，从此他经常关注茶叶市场行情，根据市场行情来安排茶叶贩运量。

"做生意，门槛要精，心要狠。该松的松，该紧的紧。"李新华说，吃这碗饭要吃得滴水不漏，才可能让一块牌子立得稳。"有些时候，吃了点亏，大便宜就会到来。"

到 2003 年，整个大椿乡有三个茶叶贩运商，贩运茶叶的中间利润也降到很低，李新华便考虑如何转行发展。恰逢当年县委、县政府将茶产业作为重要的农业主导产业来抓，并出台了一系列扶持政策。李新华便投入 50 多万元在大椿乡新庄村流转土地 300 亩种植茶叶，创办大椿新华茶厂。土地涉及村里大部分农户，有些农户不愿意流转，考虑到茶园要成片开发，他便上门做思想工作，介绍发展茶产业对地方经济的拉动作用以及对周边农户的带动作用，终于争取到农户的支持。之后的三年，正是茶园的管护期，不但没有受益，每年还要投入 20 多万元的农资费用和管理工资。

2006 年，部分茶园已经投产，李新华又追加投资 800 多万元，兴建 5000 多平方米的厂房，购置一条半自动化的红绿茶生产线。随着茶园产量的逐渐上升，他的产业效益也水涨船高。2020 年，茶厂产茶 16 吨，产值 800 多万元；2021 年，预计产茶 25 吨，产值超过 1000 万元。如今，新华茶厂的茶叶远销北京、上海、厦门等地，业务量在县内茶厂名列前茅。考虑到专门生产红绿茶空间太小，2021 年他又投入 260 万元，扩建厂房 1800 平方米，添置自动化红茶精制生产线一条。

李新华深知，唯有提高茶叶品质才能长期立于不败之地。为此，他聘用几名县内知名的茶技师长期驻守茶厂，严格监督每一个加工环节，杜绝不合格产品流入市场。同时，他将产品整合在"宁红""双井绿"的公用知名茶叶品牌下，借助传统茶叶品牌搏击市场。

新华茶庄坐落在江南茶博城内，茶馆可以维持茶厂一年的工钱，茶馆开得好，来喝茶的自然不少。"从前听说开茶馆的人都须吃'油炒饭的'，我不懂，这次才晓得，若没有你那一张油嘴，如何摆平这四面八方的来客。"李新华说完哈哈大笑。

宁静的茶庄是灵魂栖息的港湾，茶具在商人手中可价值连城，争夺一个茶碗，也可以是一场纷争的起因了。因此，李新华对茶道进行了改革和发展。素淡、典雅的风格进入茶道，高雅的文化生活又还原到日常生活。他在茶庄内，拉长着调子，长篇大论地演说着修水茶的神奇故事。

"下面位置很烫，我们可以在边边的位置揉。揉的时候不用太快，慢慢地，水汽一会儿出来，就需要摊开烘一下。如果感觉水汽被吸收了，我们再接着揉。这是一个反复的操作过程。"从小跟着母亲学习传统制茶技艺，采摘、摊晾、杀青、揉捻、沤堆、发酵、烘焙、略置、加压、陈化……每一个环节，他都熟记于心。

李新华定期在茶厂开设培训班，向村民传授种植、采茶、茶园管理、制茶技艺等知识，培训 30 户农户成为传统制茶能手，并把发展绿茶传统产业和当地特色乡村生态旅游结合起来，建立了一个茶生态旅游示范基地，带动当地农户脱贫致富。

"炒茶咯！"村子里和技校的学生会来到这里，李新华操作，讲解，学生们尝试。热火朝天之时，在烘焙翻炒中感知冷暖；冥思静想之时，看茶起茶落品味人生。

2017年4月26日，中国技能大赛——茶叶加工职业技能竞赛（"遵义绿杯"全国手工绿茶制作技能大赛）圆满落幕。来自浙江、湖南、重庆、甘肃等15个省、自治区、直辖市以及贵州各地市、州、区的102支代表队，241名选手参加了手工制茶、理论考试等比赛。修水县茶叶协会选送的修水职业中专茶叶生产与加工专业毕业生桂普群经组委会和专家组综合评定获得特等奖。其手工制作的80克卷曲绿茶（比赛作品）卖出了当天最高价6800元。在这次竞赛中，桂普群获得"全国技术能手"称号。

桂普群就是技校里培养出来的茶叶达人。

1989年，桂普群出生在修水县古市镇桂垄村。村里交通不便，地少人多，男人都跑得远远的，去上海、浙江、广东一带赚钱养家糊口，村子里就只剩余女人、儿童。桂普群家旁边的山坡上满是大片翠绿的茶园，每当茶叶采摘的季节来临他就跟随母亲上山摘茶，又到村加工厂看工人师傅加工茶叶。

夜幕降临的时候，桂普群的心头有些乱，他哪里晓得茶会改变他一生的命运，在没有任何出路的时候，他只知道种茶可以解决吃饭的问题。有些时候，他如隔着深渊，总是找不着可以对话的人。

2005年，桂普群初中毕业，因家庭贫困，几乎要辍学务工。这时修水县职业中专开办了涉农专业免费班，其中就有茶叶生产与加工专业。他闻讯后，欣喜若狂，便说服家人，要到县职业中专学习茶叶生产与加工。入学后，他如饥似渴地学习专业知识。他深深懂得，读书的机会来之不易，要好好珍惜。他经常向老师请教专业上的各种问题。特聘教师张冬燕是他人生道路上的重要引路人，张老师是修水茶叶界专家，对茶叶生产与加工有深入的研究。说起张老师，他满是敬佩，他说，没有张老师就没有他的今天，在学校张老师最看重他，毕业后，又帮助他联系实习单位，又引荐他向修水各茶厂的名师请教，又鼓励他参加各种比赛，又推荐他到南昌一家销售企业做茶叶销售。这期间，桂普群学会了各种茶叶加工技术，他每次获奖，总是第一时间向张老师报喜。

他在做销售期间，有机会接触到各地的名茶，发现市场不缺茶，但缺好茶。他有一个心愿，就是要制茶、制好茶，要把学到的制作技术派上用场，于是毅然放弃了收入颇丰的销售工作。

2008年，从修水职业中专茶叶生产与加工专业毕业后，他花4四年时间先后到浙江、福建、湖南等地茶场以及茶企、农业大学茶叶专业拜师学艺，在生产实践操作中更系统地学习茶叶种植栽培技术、各种类茶叶的手工和机械制作工艺，学习和探究茶文化，每到一处，他都是虚心求教。

2012年他返乡创立属于自己的茶叶加工厂，专门从事茶叶生产及茶叶代加工。"好茶郎茶业"的成立不仅解决了当地茶农鲜叶销路问题，还解决了当地百姓的就业问题。他经常免费指导乡亲茶叶种植，免费为乡亲们加工茶叶，并帮乡亲们打开销路，带领当地乡亲们脱贫致富。

上了一定的规模之后，桂普群想到的是乡亲，他说，甜不甜，家乡水；亲不亲，故乡人。过去家庭贫困，没少得乡亲接济；办厂之初，资金短缺，又得乡亲支持，乡亲帮盖厂房工资只算半价，他心存感激。于是，他以市场最优惠的价格收购茶农的鲜叶，优先招用乡亲进厂工作。

他知道，品牌创立不易。桂普群对茶叶加工的要求极为苛刻，员工必须培训上岗；鲜叶分拣严格按照标准，什么样的鲜叶可制什么样的茶，不能马虎，成品的品质来源于原料的品质；重视生产过程的监督，每一个环节都是亲自把关。正是因为他有一手好技术，茶叶不愁销路；正是因为他心里装着乡亲，不愁收不到鲜叶。

桂普群全身心投入重振"中国宁红"雄风的行动中。他更大的兴趣是打造中国有史以来的茶叶宣传教育管理专业，通过和修水中专合作培养一批茶学专业带头人。

"我做茶事业，带动了身边一大批年轻人喝茶，这是我特别欣慰的地方。身边的学生和朋友，他们原先有不少人不喝茶，或者喝茶时抓把茶叶放到壶里闷一天。后来跟着我慢慢爱上了喝茶，也学会了喝茶的仪式，这是我做茶的意义。"

桂普群说，茶是他安身立命的本行，现在是"一业为主"。"一定要把茶做成事业，你在哪个层次，才能把客户带到哪个层次。做一件事，就要想着如何把它做到极致，脚踏实地去钻研，而不是只做表面文章。很多行业入门容易，想做好太难了。别把自己看得太重，也别把自己看得太轻。要相信人外有人、天外有天。越厉害的人，越低调谦虚。"

"一件事情只有坚持10年以上，才能称为匠人，才算有一颗匠心。我希望自己能用未来10年的光阴，将自己培养成一个真正的茶人，为自己锻造一颗茶人的匠心。"

"男人，一定要有风骨。"这大概就是修水茶人的精神。

干部心头的茶经

茶，是修水儿女热情待客的必备饮品，承载着他们对小康生活的美好憧憬。几十年前，人们耳熟能详的彩调剧《刘三姐》唱段："我今没有好茶饭，只有山歌敬亲人。"如今已悄然被改为："我今已有好茶饭，更有山歌敬亲人。"

夏秋之交，我们走进了"连空气都甜的修水"，聆听修水山区茶农的"茶故事"——

弯弯曲曲的山路尽头，便是"宁红的发源地"——漫江乡宁红村。这里地形险峻，云雾缭绕。

2018年，修路队开进村里，宁红村村民盼望的柏油路修好了，村子也变样了。河岸护堤、亲水平台相继搭建，在保留村庄原有模样的基础上把传承、旅游结合起来。

"人均1亩茶、户均2亩姜、村均万亩杉是我们的产业发展目标。"村支部书记刘九花说。

走进茶人的泥坯木屋，映入眼帘的是一串串、一排排各种形态的竹制包裹，有类似粽子状的，也有方形的，还有类似大烟囱高高大大立在屋子里的。

"这是村民养护茶的一种方式。"

品尝古朴的味道成为人们的一种追寻。经过改良，形成了修水茶"存茶于民"的模式。对屋子加以适当修整，同时达到茶厂要求的卫生、温度、湿度、通风要求，就可以将茶放在自家老屋了。存茶于民，农户们每年也可获得一笔养护费。

不光种茶，养茶也成为这里的一景。妇女们一边生火熏茶叶，一边编织竹篓，养茶房呈现出一幅温馨幸福的喜人景象。

清苦的生活迎来转机。年轻的凤求姑和村里妇女们一起忙活着，开起"长桌宴"，跳起"竹竿舞"，唱起"敬茶歌"，在传承中获取了新生的力量。

第五章 在路上

……

"孙县长来了。"

2011年,我在修水广播电视台担任记者,随同新上任的县长孙朝辉去漫江调研宁红茶,孙朝辉站在茶园中沉默不语,从他的表情里可以看出内心的焦急。茶园的四周只见清澈的修河水倒映出蓝天、白云、青山、绿树,"真是个种茶的好地方"。

在一栋"宁红客栈"的木屋子内,"这是今年的第一道茶。"孙朝辉端起杯子,侧着头看,很好的红色,一荡,透明的汤,上口很纯,喝完倒出来,就像是中药渣子,依然有棱有角,不吸水,香气却弥漫在屋子里。

好茶是出在乡村的,只有古老的乡村,才养得活一树好茶。

然而,改革开放以来,由于修水县山多地少,1994年被定为"国家级贫困县",2002年被列为"国家扶贫开发工作重点县",2011年又被列为"省定特困连片区县"。

从南昌、武汉、长沙朝修水进发,横穿200多公里,你会发现,眼前是一叠叠绿色的屏障。路上到处能看到"修水,一个诞生文化奇才的地方""修水浓青,新条淡绿,翠光交映虚亭"等宣传标语。宁红茶一直以来都是这块土地上的富民产业。让人费解的是,修水这样的地方是怎样沦落为国家级贫困县的?

孙朝辉深入调研后发现,修水贫困的关键原因是丘陵纵横,田地少,民间素有"八山半水一分田,半分道路和庄园"之说。

对如何改变贫困的面貌,孙朝辉可谓煞费苦心。修水离沿海地区较远,发展工业不太现实。只有依靠本地资源,发展旅游、茶业、蚕桑等产业来帮助农民脱贫致富。在担任县委副书记、县长的3年期间,孙朝辉都在贴着百姓的想法,出台一些实际的帮扶政策,给老百姓增添了发展产业的信心。

2014年，孙朝辉担任县委书记。在一次调研中，他发现修水种茶的茶人只是一小部分人，有一批以前种过茶的茶农，带着外出打工致富的梦想，一年到头，走南闯北，不仅照顾不到家庭，几块地也由于无人看管，只好抛荒了。"孙书记，现在茶农没有什么效益，如果县里能组织起来，小小的一片叶子，必定能带富一方农民。"

在第二年召开的全县三级干部大会上，孙朝辉提出了发展茶业的新思路：通过各级党员干部沉下去，深入群众中，用入心、入脑、醒神的方式，一对一地进行帮扶，从而帮助群众脱贫致富。

修水县大力倡导"不忘初心、坚定信心、秉承匠心、上下同心"的工作理念，全面推广地标化、标准化，深入推进茶业供给侧改革，持续打好质量管控、贯标用标、链条延伸组合拳，打造修水现代茶业，围绕"宁红"产业、文化和地域特色，结合智慧城市、智慧农业建设，充分整合"宁红"资源，融入人文、生态、环保、绿色发展理念，实现常态长效，促进修水旅游、经济、文化、农业等相关产业的发展。

溪口镇车头村村民程泉海，今年35岁，他一直是贫困户。精准扶贫后，村支部书记夏小梅琢磨着造成他懒惰、对生活没有激情的原因。家里穷得叮当响，哪个姑娘愿意上门呢？关键的问题是这般岁数了，他还像个孩子成天无所事事的。夏小梅反复思考后，决定由她自己来结对帮扶，思前想后决定支持他发展茶叶。一开始，程泉海不感兴趣，可夏小梅的一句话，给他点燃了生活的希望。"只要你把茶种好，媳妇的事我来帮你操办，保证帮你娶个好姑娘。"人只要予以生存的希望，势必会将冰冷的生活解冻。经过几年的打拼，2018年，程泉海住上了崭新的房子，还买了一辆电动三轮车。旁边村子里的一个比他小十来岁的姑娘走进了他的家门，还生了两个孩子。

我问他是怎么做到的？他笑着说："只要自己勤劳，生活没有那么可怕。"如今，程泉海不仅茶叶经营得井井有条，还发展起了油茶，空余的时间在家里做起了奶爸。妻子刚刚生下二胎，他甚至懂得了婴儿的护理。

在修水，还有许多这样的家庭。他们有着各种各样的困窘，但是在党的关怀下，他们正逐步走向致富之路。

2019年，江西省宁红有限责任公司举办采茶技能竞赛。选手们神采飞扬，随着工作人员一声鸣锣，比赛开始。选手们挎着采茶桶，穿行在青翠欲滴的茶园中，熟练地舞动双手，采摘嫩芽，很快采茶桶里青叶层层叠起。比赛结束后，工作人员对每位参赛选手所采茶叶逐个称重、取样，并对茶芽进行评定。

"采了20多年茶，第一次参加这样的采茶技能竞赛活动，还拿到一等奖，特别开心。更重要的是在茶园里大家不仅增进了友谊、提升了技能，更加坚定了大家脱贫致富的信心和决心，希望以后能举办更多类似的活动。"参赛选手莫双菊说。

随着宁红茶的衰落，宁红村也经历着历史的考验。虽然宁红村是宁红茶的发源地，却是"十三五"期间的深度贫困村。全村共有建档立卡贫困户86户320人，有茶叶和蚕桑两大支柱产业。这里有多穷？1993年的时候，村民家的小孩把家里的鸡蛋悄悄吃了，家里大人知道后小孩被打了一顿。

原来家里实在是太穷了，鸡蛋是用来卖了交学费的，不能拿来吃。

"十几年前，这里走的是泥巴路，住的是茅草屋，村民的日子过得紧巴巴的。男的只愿往外走，姑娘不愿嫁进山……"说起村里以前的情况，宁红村支部书记刘九花面露难色，思忖片刻，他又加了句，"现在大不一样了，村里的茶产业让村民的日子一天比一天好。"

2018年江西银行开始帮扶宁红村后，了解到村里原本有一所简易村小，但因房屋破旧被鉴定为危房不能再使用，宁红村近百名小学生分散到漫江乡中小学与山口镇小学读书，给学生及家长带来诸多不便，老百姓对重启宁红小学建设呼声很高。2019年8月1日，江西银行决定出资兴建宁红希望小学主楼。经过一年多时间的建设，一所崭新的小学建成。

走进江西银行宁红希望小学的校园里，一股清新的茶香扑鼻而来，学校被青翠的茶山包围着。

"我们把宁红茶文化应用到教育教学中，让孩子感受到中国宁红的魅力的同时，记住自己是'茶工祖师'故里——宁红村走出来的孩子。"江西银行宁红希望小学校长刘璐璐说这句话的时候满脸自豪。

"村里的茶叶发展起来了，村民脱贫致富更有信心了！"宁红村村委会主任莫春生说。很多的村民都积极响应，成片的茶园，一芽一蕊，雀舌一般的，新鲜得叫人爱怜。一些不愿意发展茶叶种植的村民也沉不住气了，他们似乎也看透了，这个地方最好的产业就是栽种茶树。

现在宁红村人家家都有股份，家家因茶致富！宁红村也成了名副其实的风水宝地。

在壮大集体经济的同时，村委会还鼓励村民大力发展茶叶产业。村里提供免费的茶苗，还通过组建茶叶专业合作社，坚持标准化、良种化、机械化和绿色无公害生产，统一生产经营服务管理，并通过免费发放茶苗和实施退耕还茶补助等措施提高村民收入。

"宁红村现在成了产茶大村，还大力发展乡村旅游。"梁慧斌说。

宁红村以茶产业发展为经济基础，村庄整治为文化基础，依托"宁红茶原产地"特色和"宁红小镇"，将其打造成江西省宁红茶交易集散地、宁红茶生态休闲观光旅游AAAA级景区，积极打造"看得见山、望得见水、记得住乡愁"的特色美丽乡村,将山地高效农业、特色生态产业有机融合,充分彰显生态文化,探索出一条"生态产业化,产业生态化"的生态农业发展之路。

这是一种新的发展观念,通过这种观念,更新群众思想,也是党的干部来改变产业发展的方式。

一望无际的茶园,在黛青色山影的衬托下,显得格外地鲜艳青翠。水色从叶尖的缝隙里折射而出,随风闪动,如散落在大地上的点点碎银。因为有了这些青翠的茶园,这古老而静谧的土地充满生机,显得尤为年轻,这厚重而又深沉的大地尤显飞扬。纵横交错的阡陌之间,到处是一派令人感慨的祥和景象。

在宁红村环山茶区,表土下面,竟有一条透水性甚佳的石英砂岩地带,雨水渗入,形成许多的山洞和名泉。一升水中,氡的含量指数有26,比一般的矿泉水氡量高出一倍,用来泡茶,最好。

2020年,中国政府向全世界郑重承诺:全部脱贫!这不仅是一个口号,更是党员干部在扶贫路上挥洒热血的结果。

修水县"90后"扶贫干部樊贞子、吴应谱的扶贫故事尤为感人。

2018年12月16日,星期日。修水县大椿乡政府扶贫干部樊贞子和丈夫吴应谱前往大椿乡船舱村贫困户游承自的家,帮他销售养殖的土鸡。在返回途中,他们不幸发生车祸,献出了年轻的生命,分别只有23岁和28岁。

吴应谱是修水县政府办派驻该县复原乡雅洋村的党组织第一书记。他和樊贞子2018年11月7日举行婚礼。婚后第三天,夫妻俩就投入扶贫工作。吴应谱出事的前两天,还召开村民集体会议,计划发展500亩茶园,这500亩茶园可以解决13户贫困村民的脱贫问题。这个愿望就如星星之火,刚刚点燃,让贫困户立即就陷入了无限的痛楚中。在他们看来，贫困不是干部的问题，是他们自身的环境造成的，说到底就是生来这样的命。吴应谱在世时，不同意他们的说法，说命运是可以改变的，自己的命运得掌握在自己的手中。

12月15日，夫妻俩商量第二天前往大椿乡船舱村看望樊贞子帮扶的贫困户游承自。

2017年，樊贞子从新余学院毕业后，通过考试，进入大椿乡政府工作。在扶贫攻坚路上，她把贫困户当亲人，真心实意帮扶困难群众，深受贫困户好评。

船舱村贫困户游承自，已年近八旬。游承自一家6口人，仅靠儿子在外面务工维持生计。从2018年年初起，他成为樊贞子的帮扶对象。为此，樊贞子鼓励他饲养土鸡、种茶，增强"造血"功能，争取早日脱贫。

樊贞子、吴应谱走后，雅洋村的村民不仅种上了茶叶，而且还开了制茶厂。大椿乡一名叫程玲的年轻干部，接过了帮扶游承自老人的接力棒，说一定会帮她完成心愿。后来老人没有拖后腿，如期脱贫了。

我在采访樊贞子、吴应谱的事迹时，一些健谈的人，也变得寡言不语。他们无限怀念地遥望着远方，完美的生活对于他们而言，在目光里变得明静如水，"但是脱贫需要像他们这样的精神，他们永不屈服的姿态一直都在我们心中"。

其实，在修水，像樊贞子、吴应谱一样，在扶贫路上献出生命的党员干部还有很多，像90后扶贫专干程扶摇，杭口镇党委书记匡美建，党委委员、副镇长邓旭等。他们都是一心为民的好干部，共产党员的楷模。也正是有了这样一批不怕牺牲、敢于担当的好干部，"宁红"才成了人们生活的源泉。

"我们干工作，要对自己的事业负责，要有结果！扶贫是要带着贫困户自强不息奔小康。"修水县政协副主席、县扶贫办主任刘石生认为，扶贫不能走过场，否则就会竹篮打水一场空。国家投入这么大的资金，这么大的人力物力，如果不真正解决内生动力，让贫困户从里到外都变个样子，没有人会同意。

在20世纪80年代的农村，村子里只剩下一些留守老人和留守孩子。农村里缺乏劳力，参与农村建设的力量越来越弱，田地抛荒越来越多。大量的荒废田地给大椿乡党委书记李四海造成了极大的压力。他是在农村长大的，认为有效地利用土地，不仅是对国家负责，还是对村民负责。

他在担任大椿乡党委书记期间，村民们不仅称他"茶叶书记"，还把他当成了半个茶农。

就拿大椿的几个千亩茶园来说，原先是几个村民小组的自留地，一些村民外出打工，就抛荒在那任其长草。由于偏僻，没有路，更没有政策资金补助，有想法的村民想流转土地开辟茶园，可有些村民并不支持。

开辟茶园关乎到村民的未来，更关系到贫困户的脱贫。李四海经过综合考虑，决定逐家逐户上门做思想工作。

问题是很多村民不在家，一些工作，和几个留守老人很难定下来。

但在他眼里，这不算是困难，他趁着过年期间所有的村民都回来时，一户一户地上门。大家被他的真心诚意打动了，有些村民主动参与到茶叶的种植中来。

开辟茶园得有足够的资金，李四海决定，只要大家有信心，他以个人的工资担保，动员乡其他干部一起帮助村民贷款。

在他的坚持下，大椿乡新开辟了3000亩茶园，大椿乡也因此成了江西省的茶叶名乡。

李四海的家在县城,在大椿乡担任党委书记期间,他半个月才回一次家,不是他家里没有事情,他妻子身体不是很好,孩子在县城上中学,可他根本顾不到他们,一心扑在茶叶产业上。面对妻子的不理解,他心里也有委屈:"我是党委书记,党委书记就是带头的人,我只能牺牲小家,我的职责是服务大家。"

李四海调离大椿时,大椿乡数百名群众自发地拥向乡政府,敲锣打鼓,燃放鞭炮。最引人注目的是几十位白发苍苍的老翁和老婆婆,从家里拿出铁锅和脸盆,用铁勺拼命地敲击着,有个茶农还把祖宗传下来的吉祥物挂在他的脖子上。

那个离别是何等的风光,可他的脸上全是泪水。此时,他必须得挺直站立,强忍着情感。好像必须得如此,只有这样才能撑得住挥别的姿态。那天他一直在执着地想,在这个世界上,好干部就是老百姓的亲人。只要干部帮他们干了实事,他们是不会忘记你的。

时间湍流过去,空间端居下来。往事被岁月逐句推敲,一片茶叶似乎能盖住整个春天。

这仅是李四海人生里的一个插曲,可他只字不提。

其实,在修水县像李四海这样的干部还有很多。他们始终保持着一种特殊的茶叶情怀,一颗奉献的初心。

党和党员干部的作为深深地感染了大家,入党也成了群众心中一种干干净净的理想,于是很多的茶人,用工整的文字写下了人生的第一份入党申请书,郑重地提出申请,加入中国共产党。当党支部找他们谈话时,大家都说:"入党光荣啊,我也要做一个像李书记那样的人。"

宁红茶的脱贫故事

江南的修水,缥缈的雾气在清晨和傍晚缭绕着修河,是小叶种灌木茶林生长最舒适的温床。

一片小小的叶子，是如何扛起扶贫大梁的？这里面有偏方。

修水的区位条件、自然环境无法改变，山多田少，既无名山，也无大川，修水脱贫攻坚的出路在哪里？

多少年后，当我们再次审视着宁红茶的传奇时，它依然闪烁着往昔的光晕，仍然为中国的农业保存着一种堪称成功的范式。

在修水的乡村，到处是一望无际的绿色。在绿色的映衬下，飘着白云的蓝天显得宽阔、高远。在远处，在极远的远处，大地简化成细细窄窄的一条绿线。

修水森林覆盖率72.8%，生态优势明显。当地政府把贫困户的就业、土地流转等全部纳入茶产业发展规划，让贫困家庭户户能就业、人人有收入。

修水县上杭乡是产茶大乡，到处是一片碧绿的翡翠，让人赏心悦目。一条笔直的公路从有机茶叶基地中间穿过，远远地看见几个青年扛着铁锹，在忙着清理水沟里的沉积泥土。几个少年则在茶园的深处毫无目的地奔跑，不时会有蜻蜓飞起来。

上杭乡现有茶园8000多亩，如何借助党员的力量从传统产业中挖掘脱贫新动力？2017年，上杭乡从一片小小的茶叶，开启了"党建助推精准脱贫"的新探索。

我在上杭乡调查时发现，上杭乡为吸引贫困户参与茶业劳务用工，在每个村都建立了脱贫攻坚党小组，让每一个党小组作为采茶致富的先锋队，在各茶叶基地设立免费采茶培训点，脱贫攻坚党小组党员在这里将贫困户家庭成员培训为采茶能手。这个举措，的确从根子上解决了贫困的问题。上杭乡棋盘村建档立卡对象周美梅，无依无靠，"接下来怎么活呢？"正当她愁肠百结的时候，依靠采茶，解决了她"赚钱无门、坐等帮扶"的现状。"过去我不知道来这里采茶。以前都是在家里做做家务、带带小孩。"周美梅说，"经过这次培训，村里书记带我们来这里采茶，我来这里采茶以后，一天也有100多块的收入。以后我会带一些在家里没事做的劳动力来这里采茶，大家一起共同致富。"

采茶不仅看速度，更要重品质。经过称重与鉴质的双重考核，每年至少评选出10名采茶能手。2017年，贫困户阮世英获得了"采茶王"的称号。这几年来，她每年的采茶工资都有1万多元，实现了顺利脱贫。"成为采茶王，我真的很高兴，心情非常激动，以后要带动更多的贫困户都成为采茶王，让我们贫困户能够凭自己的双手劳动脱贫致富。"说到这，她重重地叹息一声，眼睛便湿润了。

因为家庭贫困，阮世英的儿子一直没有找着媳妇，在那次"采茶王"大赛上，她结识了一个年轻貌美的姑娘，姑娘见她成了"采茶王"，非要拜她为师不行。无论她如何拒绝，姑娘就是要跟着她。也就是这份茶缘，姑娘后来成了她的儿媳妇。她清楚地记得，儿媳妇和儿子结婚时的情形，三杯茶，"一拜天地，二拜'采茶王'，夫妻对拜，送入洞房。"三个人都把杯中的茶喝光了。

如今的上杭乡企业用工向贫困户倾斜的意愿强了，贫困户采茶增收的积极性高了。一些偏远的村落，还有车子接送村民到茶园采摘。上杭乡已有613名建档立卡贫困对象参与采摘增收，人均可增收4300元，2017年全部实现脱贫。

大桥镇是修水县的重点镇，在脱贫摘帽中，大桥镇大力发展茶叶产业，以产业助推脱贫。

2020年3月，在大桥镇大桥村的枫露茶叶有限公司开发的"梁天柱宁红茶旅产业园"，村民正在整地、挖坑、栽种茶树苗，一派热火朝天景象。

"我在这里栽种茶树,每天的工资是 100 元,采摘茶叶的工资是每天 150 元。"大桥村贫困户冷秋良说。镇村干部时刻记着贫困群众,茶园有事做优先安排他们,让他们对摘掉贫穷帽子充满信心。

枫露茶叶有限公司旗下的宁红茶共有三大品牌系列、20 余个茶叶品种,在提升品质、拓宽市场的同时,企业不断强化品牌宣传,形成央视荧屏、县内外户外平面、参展参会、铁路系统等四方面为主的品牌宣传矩阵,让"宁红"品牌知名度、美誉度进一步提升。

"通过近几年的宣传推广,'宁红'品牌知名度大幅提升,2018 年公司茶叶销量比去年同期增加 20%;公司生产名优茶近 80 吨,产值达 4000 余万元。希望通过加强宣传和品牌效应,让'中国的梁天柱、世界的宁红茶'广告语家喻户晓。"梁天柱说。

如今,宁红茶不仅仅是茶业生产基地,还打造成了一个茶产业的全产业链,建有茶文化公园、茶文化旅游景点,游客可以在这里感受茶的历史文化,品味特色茶宴,采摘柔嫩鲜叶,尽享茶的种种乐趣。

大椿出名茶。在大椿乡,种茶成了村民脱贫致富奔小康的重要渠道。

"我们乡有 100 多户村民种茶,贫困户靠卖茶叶脱贫,大伙都过上了小康生活。"大椿乡党委书记晏少兵说。

大椿乡的茶生长在平均海拔 600 多米的半山腰上。山上常年浓雾弥漫,丛林茂密,空气清幽,雨水充沛孕育出大椿茶独特的品质,深受市场欢迎。站在山巅,放眼望去,一座座茶山成了群众的"金山银山"。

"大椿生产的茶多次获得国际、国内的金奖。"这几年,除了广东、深圳、上海等地,美国、日本都有订单,我们产的茶叶不愁销路呢!"吴章金掰着指头如数家珍。

为做好大椿茶的产前、产中和产后服务,让"小茶叶"变成"大产业",助农致富奔小康,大椿乡党委、政府决心要把大椿茶产业做大做强,让在外的修水人都能记住"家乡的味道",同时带领茶农一起致富。

每到春冬之时,大椿乡党委、政府就派技术员深入田间地头,指导群众进行茶树管护、茶叶采摘、保管运输,并承诺保价回收,让茶农少了后顾之忧。

江西省茶叶协会会长黄光辉说,他在长期的调研中发现,依托得天独厚的生态优势,江西已逐步培育形成了以婺源、浮梁为主的赣东北,以修水、铜鼓、靖安、庐山为主的赣西北,以遂川、井冈山、上犹、宁都、资溪、金溪为主的赣中南三大优势产茶区。修水的"宁红茶",一直冲在最前头,引导贫困户发展茶产业,走出了一条"靠山养山、兴山富民"的产业扶贫之路。

"以后就不外出打工了,家门口有做不完的活。"修水县大桥镇大桥村农户姚爱华说,从 2020 年 2 月份开始,她爱华就在家门口的梁天柱宁红茶旅产业园就业。

对于茶产业来说,传统的发展思路是制作档次不同的茶叶供人们饮用,这样,茶叶的附加值并不高。罗伟民说:"我们正在探索把茶区变景区,走茶旅融合之路。"他进而介绍,县里正在打造的 500 亩梁天柱宁红茶旅产业园基地,具有精深加工、观光旅游、文化交流、休闲养生等功能,其实质是强一产、优二产、活三产,做到三产融合发展。如此一来,产业链拉长了,茶叶的附加值大大提高,对农村脱贫攻坚无疑有着长效作用。

秋分过后,凉风习习,碧空万里,正是秋茶采摘季节。徜徉在修水县何市镇,细细品味一抹秋茶的淡香。

盘桓在漫江乡云雾缭绕、恍若仙境的西峰岭山顶,欣赏满目绿意的起伏山峦；逗留在大椿乡、庙岭乡的青石板路，品味历史古韵和观光茶业的默默相融……农业产业化国家重点龙头企业——宁红集团有限公司，就在那山那水之间。

山路难行，一弯又一弯。在去何市镇范浆村的路上，宁红集团董事长朱丽俐侃侃而谈："国家级龙头企业应发挥市场、品牌、科研等方面的优势，找准产业扶贫的精准定位，倾力打造绿色扶贫产业链，帮助更多的贫困户拔掉穷根。"

车到范浆村山坡茶园，放眼望去，漫山遍野的茶园，处处可见茶农在忙碌地采摘秋茶；弯弯的茶道上，运茶的小汽车、摩托车穿梭而过……

顶着秋阳，我们爬上了海拔500多米的前下山。正在采茶的廖连香满脸笑容地说："我家只有7亩农田，加上养了几头猪，平时到镇里打点短工，往年一年下来，全家7人只赚7000多元。这两年，我和两个女儿到喜农茶叶专业合作社务工，每年大约180天在合作社采摘茶叶、除草、施肥，一人就能赚13000多元！"

廖连香并非个例。同村的贫困户廖庆玉也感慨地打开了话匣子："在加入喜农茶叶专业合作社之前，由于粗放式的小作坊经营，我们村茶农采摘的茶叶价格低还卖不出去，村民称之为'伤心茶'。2014年，合作社成立后，指导我们按照生态绿色品种、标准化种植，并提供技术服务，以高于市场价的价格收购，茶叶产量高，鲜叶价格比原来高了一倍多，'伤心茶'变成了'开心茶'。我一年的收入有5万多元，一年就甩掉了贫困帽。"

与我同行的修水县茶科所所长万亚军，思考了片刻说："宁红集团绿色产业链扶贫的实质，就是坚持绿色，强一产、优二产、活三产，提高绿色生态农业全产业链收益，将精准扶贫户纳入合作社入股或就业。

对于缺技术的派技术人员到茶园指导，缺资金的想方设法给予扶持，让贫困户户户有产业，人人有收入。"

新建一个茶园非常不易，得把一小块一小块的土地流转起来。何市镇党委书记周先胜把松林、火石、大里等村支部书记召集在一起，开了几个会议，决定将200多户贫困户的5500亩土地整合起来，新建一个上规模的茶园。吸纳贫困户以土地入股，合作社将茶园施肥、整枝等日常管理和茶叶采摘工作交给贫困户，3年来，为贫困户增收200多万元，加上土地流转收入，人均年增收3000多元。

修水县布甲乡横山村贫困户夏尊兴，住在太阳山的半山腰上。"我已经活不下去了，我一个亲人都没有，感谢杨书记帮助我。"说到这时，夏尊兴的声音哽咽，热泪盈眶，腰又深深地弯下去。听到这话，布甲乡党委书记杨列桥也跟着把腰弯下去。这是他帮扶的一个贫困户，他不仅自己掏钱帮他买了牛羊回来，还鼓励他和妇女一道上山采摘野生茶，"季节性采茶工资4600多元"，加上牛羊的收入，每年至少有10万余元。

冷芬安原本在外务工，2013年因父亲去世后回乡接手老茶园。当时家里还欠着外债10多万元，母亲的医药费、孩子的学费都成问题，家中5口人生活很是艰难……正因为这些，他被村里识别为建档立卡贫困户。"芬安，你晓得不？现在一亩茶叶都能卖几千块钱，上面的政策好，还有补贴呢！"从2013年至2016年，他在帮扶干部的帮助下，把家里的老茶园扩建，还着手新建厂房发展茶产业。厂房建好后，他通过贷款付了一部分工程款，剩余的部分却再也无力支付。正在这时，在扶贫组和县茶科所的帮助下，他拿到了4万元的资金。正是这4万元的新建厂房奖补资金，在他最需要的时候给了他极大的支持。

修水县溪口镇南田村为了发展脱贫产业，栽种茶树1000余亩，吸纳建档立卡贫困户100户、395人。"通过发展茶叶产业,让贫困户有了长期稳定的收入,脱贫有了依靠。"南田村支部书记周金石说。

怎样壮大绿色扶贫产业链,让全县的贫困户通过"一片叶子"富裕起来?

宁红茶在修水县30多个乡镇兴建了茶叶初加工厂,揪住完善合同、订单、按劳按股分红、保底收购、股份分红、订单收购的"牛鼻子"不放,与农民合作社、贫困户深度融合。

做旅游离不开文化。茶文化旅游是现代茶业与现代旅游业交叉结合的一种新型旅游模式,属于旅游产品分类中主题文化旅游的一种,将茶叶生态环境、茶生产、自然资源、茶文化内涵等融为一体进行综合开发,是具有多种旅游功能的新型旅游产品。

茶文化旅游是以茶和茶文化为主题,涵盖了茶园观光、茶叶品鉴、茶古迹游览、茶特色建筑参观、茶事劳作、茶俗体验、茶艺观赏、茶商品购物等多种内容,是集乡村旅游、生态旅游、文化旅游、主题旅游、养生旅游为一体的新型旅游模式。

"我们这里大部分家庭都有小茶园,也有多家茶叶加工企业和基地,茶叶是我们村的主要经济来源。"修水县农业农村局驻新庄村第一书记徐军说。新庄村180户贫困户通过发展茶叶产业,经济收入逐步增长。

修水推行"公司+基地+农户"的订单农业经营方式。公司定点负责收购鲜叶,从根本上解决了茶农卖茶难,同时茶农在参与的整个产业前期链条中,实现了"三次就业,三次获益":在茶叶种植、培管上实现第一次就业。鲜叶的采摘、毛茶初制加工均由茶农主导完成,每天采摘鲜叶的打工收入有70到120元,毛茶的加工增值也能达到每公斤6元到8元,这为茶农提供了大量第二次就业机会。同时,农民农闲期间还可以到茶企从事制茶、包装、拣梗、销售等工作,实现第三次就业。

"这样一来，基本上保证了茶农能稳定就业，全年创收，脱贫致富。"

修水县现有茶叶企业 120 家，其中国家龙头企业 1 家、省级龙头企业 7 家、市级龙头企业 20 家；组建专业合作社 72 家，其中省级示范社 2 家。兴建了"修水茶叶生态科技示范园""双井进士村茶文化生态园""宁红茶文化产业园""立顿茶叶精深加工观光产业园"等一二三产业融合基地；涌现了大椿冰池茶厂、黄沙大坪茶厂等一批亩产值万元以上基地。

民生而志，咏歌所含。从 2015 年开始，江西整合 1 亿元专项资金，在政策、资源、资金、技术等方面集中扶持"四绿一红"5 个省重点茶叶品牌（四绿：狗牯脑、婺源绿茶、庐山云雾茶、浮梁茶；一红："宁红"茶），力争通过 5 年努力打造 1 至 3 个全国茶叶知名品牌。

尾声：一杯宁红伴河山

改革开放以来，特别是近年来，修水茶产业始终坚持"放眼国际、兼纳百茶、固本培元、抢占高端"的发展方向。

江西省宁红集团有限公司是农业产业化国家重点龙头企业，宁红茶连续10年在名优茶评比中荣获一等奖，荣获中国环保及绿色产品博览会金奖，"宁红工夫茶"荣获1915年巴拿马万国博览会甲级大奖章，2015米兰世博会金奖。

2020年，修水县先后被授予"中国茶产业发展政府贡献奖""中国名茶之乡""全国茶叶科技基地示范县""全国特色产茶县""全国重点产茶县""全国无公害茶叶生产基地县"等诸多荣誉称号。通过多年的引导和培育，已有"霞森牌""五杰银雾牌""凯球牌"等茶叶获有机产品认证。

《倾城之恋》里，范柳原第一次请白流苏上香港的上海馆子吃饭，饭毕，范柳原将玻璃杯里剩下的茶一饮而尽，然后迎着亮瞧杯底的一片残茶，竟像一片蓊郁的森林。绿色的茶叶贴着玻璃壁，横斜有致，像翠生生的芭蕉。错杂在杯底的茶叶像没膝的蔓草与蓬蒿。迎着一片光亮，用心看，一片残渣中也见出美了。一对精明自私的庸俗男女，在一个兵荒马乱的年代，在一座倾覆的城里，竟也刹那感受到了平凡夫妻的那一点真心、苍凉。像暗夜的一点星火，叫人看到一点光色，却也更见出了暗夜的浓稠和幽深。

我想，在人类灿烂文明的星河里，随着万里茶道的价值被重新审视，这条浸淫着历史茶香的文化之途，再次响起象征着繁华与荣耀的驼铃。越来越多的沿线城市和地区希望借助复兴万里茶道之机，加强经贸、文化、旅游等领域的交流合作，基于茶文化基础上的边缘产业也将焕发生机，很多人将会踏上拥有秀丽自然风光和多彩风土人情的跨境茶道，追寻连通中国与世界的文化足迹。中国宁红茶必定会探索出一条传播本土文化和价值精神的新出路，以它清澈透明的姿态翱翔于世界。

对于修水人来说，看山看水，栽花种菜，对酒品茗，占了生活的很大一部分。小城狭窄，种花种菜的地块并不多，有人家就把菜地花田搬到楼顶，充分利用空间。其实不种花不种菜，修水也是绿的，那些山就在近前，山上的松木一律郁郁葱葱，推窗可见，仿佛是挂在家中的画屏。

修水县溪流文学社副社长徐天安的这首《咏宁红茶》："别有风华骚客倾，江南烟雨孕诗情。清香一缕闻天下，万国勋章载美名。"是赞许，也是激励。一片叶子便注入了新能量。

宁红茶以崭新的形象，像一个衣着漂亮的修水姑娘走出了修水，走出了江西，走进了京城，走向了大洋彼岸，引来了世界倾慕的目光。

冬日的暖阳下，几个人围坐在一块，说说旧事，晒晒太阳，喝杯热茶，日子便像春天一样暖和。我悠悠忽忽，像是做梦。

有些产业是属于一个时代的，支撑宁红茶的是中国源远流长的文化，大师一个个走远了，可他们的经典诗词却像是天空的星星，还在散发出光芒。

后记：人间天上共此茶

今天是雨天。这几天休假，哪也不想去，也不便去，我只能躲在屋子里写《中国宁红》。北门的屋子是 80 年代建的，有点破旧，一丝暖光从里间照出来，雨声像是落在键盘上滴滴答答地响，心却落入了古人的意境中。

昨日是小雪。小雪的前夜我去了趟回坑，和溪流文学社副社长何明生先生一起去的。今年由于各种原因我去得少了。那天下午去的时候，天开始下雨，到回坑地头时又停了。

在村子里走了一圈，变化是有的，新建了广场，修了路，还有一些设施都是新的。随同我一起去的修水县溪流文学社副社长何明生先生想要一棵金橘树，于是我们去了对面的山头上挖树。一片金灿灿的，我有点感叹了，明天就是小雪了，这金橘丝毫不知道隆冬的来临。

我在修水生活了 30 余年。这块土地上的事情，我是最清楚的。很长一段时间，我原本以为宁红茶和我没有关系。在后来的日子里，我慢慢地接触到宁红茶，几乎隔三岔五就会约几个文友，一起品茶，喝了宁红茶就会神清气爽，茶成了孤独时的伴侣，在茶中聊往事，聊些这块土地上的事情。那时候，我感觉这块土地越来越辽阔，写作的激情越来越高。

我真正构思宁红茶的时候，是 2019 年在鲁迅文学院学习时。《中国作家》的高伟老师和我聊起修水，说到宁红茶时他一下来了精神，眼神里有一种找到了宝贝的兴奋。和他长谈后，我忽然明白，这个选题对于我的写作有着坐标性意义。

2020年，中国作家协会将《中国宁红》列为定点深入生活项目。为写好《中国宁红》，我先把海量的相关资料收入囊中，而后进行详尽梳理；主干资料确定后，再谋篇布局；结构确定后，再进行文学加工。所有的资料全部打捞回来后，按照时间顺序进行整理，然后专门送给修水的茶叶专家过目，生怕遗落了重要的历史，更怕记录的过程中出现差错。就材料而言，整理和校订就进行了八稿。去茶叶协会至今已20余次。

初稿4个月就出来了。随后进行精细加工。我对每一个标题、每一个字进行推敲和调整，以达到最大程度的和谐。

在历经一段时间后，我开始感叹，《中国宁红》的写作不仅大费时间，而且写起来够费劲。

为了力求高质量，2020年10月6日，我带着初步写成的稿件去了北京，请《中国作家》副主编高伟老师进行指导。我在北京待了3天。高伟老师读后，指出了存在的很多问题。文本的结构和写作方法欠佳，关键的是整部书得重写。我倒是乐意的，因为他说得很对，所提的问题我都能接受。回来后，我又埋于案头，重新写作。向单位请了一周的工休假，在家日夜写作。到今天（2020年11月23日）为止，写完了九万字。内心是愉快的，感觉自己也喜欢。记得10年前，我在出版《永远的心灯》时，后记中借用过巴金的一句话：一本书是可以带来希望的。后来，在出版另外一部书时我又提过一次。现在我再提一次。

12月1日，重写的《中国宁红》基本完成。我再次以微信的形式发给高主编指导，12月4日，高主编给我发来了一串的修改意见。主要体现在结构和语言上，我又再次进行深入细致的修改。一遍一遍，我生怕遗漏了其中的某个部分，在那段日子里，我像是看到了一张张茶人的脸。

我再次约定12月17日前往北京改稿，去时已是寒冬，北京的街头很冷。这次得到了著名编辑宁小龄老师、著名作家王剑冰老师的指点。他们从细部提出了许多有效的意见和建议，这对我的创作起到了很大的促进作用。一部作品，它最终以怎样的面目与读者见面，我想，作者的期望其实比读者更大。

我喜欢在静夜里思考，在雨水中独处。万物俱寂的夜晚，脱落了白天的红尘，是一个人明心的最佳时机。一些最大胆的想法，一些与心魄无关的事情，便开始悄悄地整理。其实，自古以来，生死疲劳，不是人能够考虑的。所谓能够考虑的，也仅此是"尽其自我"。于是我想着，《中国宁红》出来时，便是我对生活的一种感怀，或者是生命在雨声中的诞生。

或许，我只是为宁红茶立个小传，同时也是在为时代代言。我想，过去的宁红茶必然是会消失的，但现在的宁红茶正在我故乡的土地上生长。"中国宁红"，它所展示的，我想，整个世界都能够看得见。

我突然想起明天的去向。我和雨说，我得小睡一会儿了。我感觉即刻就会睡着，睡着就算是告辞了，那时月亮大概挂在竹竿上，梦见一群人在朗诵我的爱情诗句。想想，写一本纯洁干净的书，仿佛自己也不是凡人。

此刻窗外的雪花飞舞着，我仿佛看见了雪花之下的春茶。

2021年3月14日晚改定于江西修水